MW01240536

INFIDELIDAD CONSENTIDA

Volumen 8. Tres maridos pito chico se convierten en cornudos

Dale Hard

ISBN: 9798654789082

Contenido

La playa nudista

Pete y Amy habían pasado el día en la playa, era su lugar favorito donde ir los fines de semana, lo que menos les gustaba era el regreso, ya que gran cantidad de personas regresaban en la tarde y el tráfico se ponía pesado.

Amy sólo traía la pantaleta del bikini puesta y una especie de bata de playa encima. Los dedos de Pete rozaron ligeramente el interior del muslo de ella mientras regresaban lentamente a casa.

"Sabes que la playa siempre me excita", dijo Amy mientras reclinó la cabeza sobre su asiento y separó las piernas ligeramente, permitiéndole mejor acceso a su montículo, lo que él inmediatamente aprovechó. Podía sentir su vello púbico a través de la delgada tela del bañador. Mientras la bata se abría su mano vagó por el muslo, ahuecó su montículo y luego rozó el otro muslo. Cada vez que tocaba su entre pierna, ella se retorcía.

"¡Maldición! Estaremos aquí por un tiempo", dijo ella porque había mucho tráfico y los vehículos apenas podían avanzar poco a poco.

"El tráfico está infernal, así que debemos tomarlo con calma" le dijo Pete.

"No voy a ninguna parte", dijo ella abriendo más las piernas y se deslizó más abajo en el asiento, lo que aprovechó él para enganchar un dedo debajo de la banda de la pierna de su bikini, alcanzando sus húmedos labios vaginales.

"Sí", gimió ella cuando él le pasó un dedo por su húmeda raja. Ella atrapó su mano cerrando las piernas y le dijo, "no lo saques, ¿No puedes profundizar más?", dijo ella que sentía la necesidad de satisfacer sus deseos. Se abrió la bata totalmente, exponiendo completamente sus tetas y su coño cubierto sólo por la pantaleta del bikini y la mano de su marido. Ella misma acunó sus tetas con las manos, pellizcando suavemente sus pezones erectos.

Abrió sus piernas de nuevo y Pete metió dos dedos y ella se retorció y gimió en su mano. No podía recordarla así de caliente desde antes de que nacieran las niñas, de verdad estaba muy excitada. Miró a su derecha un autobús, que estaba a su lado detenido en el tráfico. Un hombre joven estaba mirando directamente a su auto con una gran sonrisa en su rostro. Debió haberse dado cuenta de que Pete lo había visto mirar, porque le saludó con el pulgar. Saber que los estaban observando excitó a Pete, quien intentó darle al chico un buen espectáculo.

Cuando el segundo dedo se unió al primero, Amy trató de meterlos completos en su coño. Por supuesto, su posición lo impedía, así que ella se quitó la pantaleta del bikini y reclinó el asiento hacia atrás, abrió las piernas para que su marido tuviera total acceso a su concha y gimió mientras movía sus dedos dentro de ella. Fue entonces cuando vio al hombre en el autobús mirándola. Ella trató de taparse con la bata, pero Pete le dijo "tranquila, no pasa nada, disfruta del momento y deja que el pobre chico también lo haga. Él continuó jugando y ella fue cambiando de asustada a excitada. Al diablo con eso, pensó ella, cuando vio el pulgar del tipo del autobús. Si él quiere mirar, ella le daría el gusto. No tardó mucho en venirse en los dedos de su marido. Ella misma no recordaba desde cuando hacía que no tenía un orgasmo tan intenso.

Al avanzar los vehículos las líneas de autos avanzaron a diferentes velocidades y el autobús quedó atrás. Así que cuando su auto se alejaba, Amy se giró en su asiento y saludó con la mano, esperando que el tipo pudiera verla.

"¿Por qué te hiciste la apenada, si eres una putica?", Dijo Pete molestándola. "Sabías que él estaba mirando". Disminuyó la velocidad, esperando que el autobús los alcanzara, pero ya estaba muy lejos, "sé notó que lo disfrutaste. Nunca lo hubiera pensado: Amy, mi pequeña zorra eres una exhibicionista", le recalcó para encenderla más.

"¿Por qué no? Me estabas volviendo loca y él quería verme, así que pensé que le daría un buen espectáculo". Ella dudó antes de agregar, "Me sorprende que supieras que él me estaba mirando y no te importó".

"Yo también lo encontré extrañamente emocionante. Ha pasado mucho tiempo desde que no hacíamos esta clase de locuras y es bien estimulante, así que tal vez podríamos volver a hacerlo más a menudo".

"¡Ufffff!" dijo ella mientras se acurrucaba, cerraba la bata y las piernas. Permaneció en silencio y pensativa el resto del camino a casa.

Como Amy no quiso seguir jugando, él se quedó el resto del viaje reflexionando sobre su matrimonio. Se habían conocido en la universidad, ambos eran estudiantes de negocios, y después de las dos primeras citas, estaban enamorados. Pete sabía que no soportaba alejarse de ella cuando la dejó en su casa después de la primera cita, y ella parecía sentir lo mismo.

No salían mucho durante la semana; porque ambos eran estudiantes modelo y tenían que estudiar mucho, para poder terminar entre los mejores de su clase. Los fines de semana eran una historia diferente. Se la pasaban juntos todas las noches del fin de semana, hasta altas horas de la madrugada. Pete siempre quería coger con ella, pero Amy tenía en mente el tema de que se estaba reservando para el matrimonio. Permitiría todo tipo de caricias y besos, pero las bragas se quedaban y nada podía penetrar su caja sagrada.

Pete tenía cierta experiencia con mujeres, pero no mucha. Todas sus otras amigas no tenían reparos en acostarse con quien le gustara, así que no estaba preparado sobre cómo lidiar con una mujer que estaba dividida entre sus instintos femeninos naturales y las enseñanzas de una madre que pensaba que el sexo era sucio y que era algo que se debía evitar si era posible, salvo para procrear. Esa fue la educación que recibió desde niña.

No fue hasta la luna de miel que él descubrió que los problemas de Amy eran más profundos de lo que creía. Hasta la luna de miel, él pensaba que ella era simplemente una ´niña buena´ normal, y que una vez que se casaran, disfrutarían del sexo como las demás. Tuvo un rudo despertar. Estaba casado con una mujer que era receptiva a tener relaciones sexuales solo cuando era fértil y a duras penas.

Pete tenía una larga lucha para hacer entender a su mujer que el sexo era lo más normal del mundo y que no era un pecado hacerlo por placer, así que se inventaba cada cosa que podía para sensibilizar a su mujer.

Las cosas fueron evolucionando muy lentamente. De sus años de universidad ella se acostumbró a recibir placer estimulando directamente su clítoris con los dedos, lo que complicó un poco el panorama, ya que rara vez tenía orgasmos mientras ellos follaban. Claro está, tampoco ayudaba el hecho de que Pete tuviese un pequeño pene de 10cm, muy por debajo de la media, que es de unos 15cm aproximadamente.

Al llegar a casa Pete volvió de sus pensamientos a la realidad. Se sintió satisfecho de lo que había pasado en su regreso y había quedado muy caliente. Tenía muchas ganas de descargar sus bolas, las cuales sentía llenas y apretadas. Cuando llegaron a casa, Amy llamó a los abuelos para asegurarse de que las niñas estuvieran bien y coordinar que las buscarían al día siguiente, mientras él mezclaba unos cócteles y preparaba las cosas para mirar televisión.

Él se puso a buscar una película y se decidió premeditadamente por una película que ya había visto y quería exponer ante su mujer.

La historia trataba sobre una pareja con problemas maritales. La historia giraba en torno a la mujer que no quería tener tanto sexo como el hombre requería. Como se amaban y no querían separarse, llegaron a un acuerdo. El hombre podía hacer cualquier cosa y la mujer no hacía preguntas. Si la esposa en algún momento dijera que estaba cachonda, el esposo rompería cualquier compromiso previo y se encargaría de las necesidades de su esposa inmediatamente. En otras ocasiones, él era libre de satisfacer sus necesidades con otra. Después de que intentaron esto durante algún tiempo, la esposa sintió curiosidad y le pidió que le contara sobre su última cita. Ella se percató de que su esposo y otra mujer la excitaban. Luego, ella y su esposo acordaron que ella se escondiera en el armario y observara mientras su esposo se follaba a la otra mujer. La película terminó con su relación sexual volviendo a un estado algo normal, después de que la esposa vio por sí misma lo mucho que otras mujeres disfrutaban del sexo.

"¿Crees que podrías ver cómo me acuesto con otra mujer?", preguntó Pete. Le encantaba la idea de hacer exactamente eso, pero no estaba seguro de la reacción de Amy.

Ella un poco molesta le replicó "¿Qué hay de ti? ¿Podrías verme con otro hombre, tal vez uno con una gran polla, como el hombre de la película, encima de mí?".

"¿Te gustaría tener una gran polla en tu coño? Le increpó él.

Ella vaciló antes de responder. "No sé... No, no estaría bien. No podría engañarte. Además, las cosas que hicieron en la película eran cosas sucias.

"Bebé, bebé, bebé, ¿qué voy a hacer contigo?" Pete la abrazó fuerte, besando su cara, su cuello y su frente. A veces odiaba a su madre por enseñarle a Amy toda esa basura. "Te he dicho mil veces que cualquier cosa que ocurra entre un hombre y su esposa no es sucia. Así es como debe ser. En cuanto a estar con otros, ¿cómo puedes engañarme si yo estoy presente y quiero que lo hagas?.

"¿Quieres verme con otro hombre?".

"No sé... Sí, tal vez. Estoy tan desesperado por coger contigo con frecuencia y que lo disfrutes, que estoy dispuesto a hacer lo que sea. Por otra parte me he llegado a cuestionar que quizás no quieres coger conmigo porque no satisfago tus necesidades, quizás mi pene, de tamaño promedio (mintió a sabiendas que era mucho menor al promedio) no es suficiente para ti y por eso no te gusta hacerlo conmigo". Ella se quedó pensativa, quizás su pequeño pene no era suficiente para satisfacer a una mujer, ella no estaba segura, pero no podía dejar de comparar su verguita con las de los actores de las películas.

A Pete le encantaba la idea de ver a otro follarse a su esposa, pero cómo no sabía la forma en que ella reaccionaría, tocaba el tema con mucho tacto. No podía pensar en nada más caliente que ver una polla del tamaño del de una estrella del porno estirando el coño de su mujer hasta el límite, esperar a que el la llenara con su semen y luego él meter su pene en ella mientras la esperma de otro hombre goteara fuera de su coño.

En lugar de contarle todo eso, la condujo hacia el dormitorio. Sabía que esta noche sería una de esas pocas buenas noches que tenían. Pensó que todo había sucedido a la perfección y que su estrategia surtiría el efecto deseado, que era tener un buen sexo con su esposa. Todo había sido puesto a punto, la playa, la exposición en el carro, los cocteles y la película.

Una vez dentro de la habitación, Pete le quitó la ropa, dejándole las bragas, y luego rápidamente se quitó su ropa. Cuando estuvo completamente desnudo, Amy se recostó en la cama y levantó su trasero para ayudarlo a que le quitase las bragas. Las arrojó al lado de la cama antes de gatear entre sus piernas.

"Dámelo ahora", exigió cuando Pete intentó extender el juego previo. Había comenzado a calentarse y parecía que no podía esperar. Se arrastró entre sus piernas y ella se abrió como una flor. Casi no hubo fricción cuando Pete entró en su cálido y resbaladizo canal.

Este debe ser uno de nuestros problemas, pensó él. Sabía que ella no había sido estirada por otra polla; su himen estaba intacto cuando se casaron, pero su pene no la llenaba bien.

Cogieron en la posición misionera, con Amy cada vez más mojada y sintiendo menos fricción. Ella cerró las piernas alrededor de su espalda y lo atrajo hacia ella en un vano intento de aumentar la fricción sobre tu clítoris. Eso solo funcionó por un momento. Fue mejor cuando se dieron la vuelta, con Amy encima controlando el movimiento y la presión sobre su marido, finalmente llegó al clímax con un largo gemido "ahhhhhhhh que ricooooooo". Ese día por suerte Pete no se corrió antes que ella. Este había sido un día perfecto, habían hecho el amor por unos 3 minutos y ambos llegaron al clímax, algo que ocurría, si acaso, una vez al año.

La vida sexual de la pareja era un desastre. Casi rutinariamente ambos quedaban insatisfechos.

No ayudaba a resolver el problema que Pete muchas veces llegaba al clímax antes que Amy. Todo esto explicaba porque rara vez hacían el amor y no ayudaba la aversión de ella por los juegos previos, todo esto conformaba la tormenta perfecta; Un problema que era una receta natural para el desastre dentro del matrimonio.

Amy no era estúpida; ella sabía que Pete no podía evitar llegar al clímax temprano, era un eyaculador precoz. Ella muchas veces tenía que fingir un clímax para aumentar su ego, pero quedarse colgada no ayudaba a su frustración, así que durante mucho tiempo, no importa cuánto lo intentaba, esa frustración se iba acumulando y hacía que vivir con ella fuera más difícil cada día. Desde hacía un par de años ella luchaba contra las enseñanzas de su madre y en esas ocasiones que ella tenía que fingir el orgasmo, esperaba que el durmiera o se iba al baño y se masturbaba hasta correrse, lo que inconscientemente la llevaba a pensar que su marido no la satisfacía.

"Eso estuvo muy bien, bebé", dijo Amy suavemente antes de dormirse.

Un rayo de sol como láser se enfocó en el ojo izquierdo de Pete y lo sacó del maravilloso mundo del sueño. Se sentó a un lado de la cama mientras su cerebro analizaba los efectos de la diversión de la noche anterior y le permitía orientarse. Luego, se dirigió al baño, se masturbó ante una erección matutina porque sabía que su mujer no iba a querer coger a esa hora y volvió a sentarse en la cama junto a su esposa aún dormida.

Ella estaba desnuda y boca arriba, con las piernas extendidas, el cabello castaño casi cubriendo un pecho y los resultados de su relación amorosa que se filtraba por la hendidura que se escondía debajo de su recortado arbusto, era una vista que le atraía. ¿Qué podría hacer él para ayudarla a mejorar su libido? ¿Qué hacía un hombre cuando quería follar todo el tiempo mientras a su esposa no le importaba mucho el sexo?.

"Buenos días cariño." Amy se despertó con una gran sonrisa. Había sido una noche memorable y estaba de buen humor, "bueno, mejor nos preparamos para recibir a las niñas y sacarlas a pasear hoy domingo". Ella le acarició la mejilla con un beso, luego recogió sus bragas de al lado de la cama y desapareció en el baño. Al sonido de la ducha, Pete fue a preparar el desayuno.

El agua jabonosa caliente tuvo un efecto relajante en Amy. Ella comenzó a recordar el viaje de regreso a casa el día anterior y el sexo que siguió. ¿Por qué no podría ser siempre así?. Sabía que no era su culpa, de pronto se sintió nerviosa ¿sería culpa de ella?, quizás era culpa de ambos. Estaba decidida a hacer algo, porque había sentido cosas ricas y estaba comenzando a despertar un deseo libidinoso de toda esta experiencia.

Ese día estaba de muy buen humor, sin embargo, se pasó el día analizando su vida, su padre había muerto cuando sólo tenía cuatro años; ella creía todo lo que su madre decía sobre el sexo. La madre le enseñó que todo el sexo era desagradable y aceptable sólo cuando tenía que cumplir con las necesidades de su esposo o se deseaba procrear, además de que solo la posición de misionero era aceptable. Ella por su parte había tratado de ir cambiando estas enseñanzas y adaptándolas a medida que avanzaba su matrimonio. Estaba decidida, iba a cambiar muchas cosas si quería que su matrimonio funcionara, no podía creer lo mucho que las enseñanzas de su madre habían afectado para mal su vida matrimonial.

Antes de Pete, ella había salido con otros dos chicos, pero nunca habían superado la etapa de caricias. Claro, se sintió bien cuando Roger, el último chico con el que salió, le frotó el lugar correcto y la llevó a su primer clímax, pero ella nunca le permitió que le quitara las bragas. Ella se negó absolutamente a tocar su polla, sin importar cuánto le rogara que la acariciara. La predicación de la madre siempre venció a cualquier tentación.

Con Pete no era diferente pero él era amable, gentil y siempre la trataba como a una reina. Ella sentía cosas agradables cuando estaba con él, pero no tenía nada de experiencia, así que cuando él le dijo que tenía un pene un poco más pequeño que el promedio, le creyó aunque parecía más pequeño que su novio anterior, pero igual, no significaba nada para ella.

Él un día él le dijo que su lengua compensaría su corta polla. Lo demostró sacando la lengua hasta tocarse la punta de la nariz. No tenía la menor idea sobre el sexo oral, por lo que la demostración no significó nada para ella.

Todo lo que ella sabía sobre sexo, lo aprendió de las novelas románticas y escuchando hablar a sus amigas. Y ella sospechaba que éstas a veces exageraban o mentían. Pete fue su primer hombre, así que realmente no sabía qué pensar. Tenía grandes expectativas cuando él la llevó al umbral y cerró la puerta en su noche de bodas, sin embargo, lo que recibió en su primera noche fue frustración.

Pensó en la noche anterior, mientras se arreglaba el pelo. La cara en el espejo, que muchos afirmaban que era muy hermosa, esbozaba una gran sonrisa. No hubo frustración anoche.

¿Qué fue diferente sobre anoche? Se preguntó, quizás, ella había bebido demasiado; pero ella había bebido muchas otras veces y aun así se había ido a dormir completamente frustrada. Quizás fue la película; ciertamente, pero igualmente no era la primera película de ese tipo que veía y en el pasado no había tenido ese efecto afrodisíaco tan fuerte. Tenía que haber algo más. Fue entonces cuando recordó cómo se sintió cuando se dio cuenta de que el tipo en el autobús la estaba mirando. Eso realmente la excitó en aquel momento y ciertamente en este momento también. Terminó un último retoque de su apariencia y fue a desayunar.

Mientras Pete preparaba el desayuno, estaba pensando en la noche anterior y en el hombre del autobús. El incidente lo excitó, y pensó que también había excitado a Amy. Buscaría un autobús todos los días, si eso significaba una repetición de la noche anterior, pensó. Haría cualquier cosa para hacerla disfrutar del sexo como lo había hecho anoche.

Recordó un libro que una vez leyó sobre hombres con esposas que rara vez querían tener relaciones sexuales.

Según el libro, cuando la polla del esposo estaba por debajo del tamaño promedio, este a menudo se corría demasiado rápido, normalmente antes de que la esposa estuviera satisfecha. Por lo tanto, a menudo se sentía frustrada y muy reacia a responder a sus avances, además hacía que la esposa desarrollara una aversión al sexo en virtud de que este no le satisfacía, ya que no obtenía gratificación del mismo. Pensar en esto frustró a Pete porque ese escenario lo describía a él y Amy.

El autor y su esposa resolvieron el problema cuando él accedió a que su mujer tuviese un encuentro con un hombre bien dotado que se clavó a su esposa, mientras él observaba. El hecho de que el marido estaba presente cuando el tipo se la cogió eliminó la sensación de engaño de la situación; ella tuvo su consentimiento y nunca vería a otro hombre sin su presencia. Pero lo más importante era el hecho de que el autor afirmaba que su esposa, después de haber disfrutado de su encuentro con el otro tipo, le quedó demostrado que realmente podía disfrutar del sexo, y descubrió que follar con su marido, también era satisfactorio y pudieron desarrollar una vida sexual normal.

Pete era escéptico de la afirmación del autor, pero tal vez valía la pena intentarlo. Consciente de que sus 10cm estaban por debajo del promedio y esto no ayudaba en todo este problema, pensaba que si Amy solo le permitiera mostrarle lo que podía hacer con su lengua, podría excitarla tanto que no tendría problemas para llegar al clímax cada vez.

Algo tenía que cambiar. Si bien al principio había pensado que era una pérdida de tiempo, últimamente la solución de otro hombre cobraba más fuerza cada día y estaba considerando seriamente probar. También había estado tratando de sensibilizar a su mujer sobre el tema de cómo se sentiría con una gran polla. No iba a decirle directamente, lo haría sutilmente como había surgido el día anterior. Siempre había pensado que Amy nunca lo haría, pero después de anoche no estaba tan seguro.

Siguió dando vueltas a sus recuerdos del día anterior en su mente y recordó que hubo un momento en la playa; mientras iba por unas cervezas, que dos chicos comenzaron a coquetear con Amy. Él regresaba con las bebidas y los vió, así que se había detenido como a unos 10 metros de su sombrilla para observarlos. Los muchachos estaban tratando de hacerla ir al agua con ellos.

Se preguntó hasta dónde llegaría ella. Ambos hombres vestían bañadores de lycra que no dejaban dudas sobre lo que tenían entre las piernas. Se dio cuenta de que tenían toda la atención de su esposa. Por extraño que parezca, no estaba celoso. De hecho, estaba emocionado al ver la expresión de su esposa mientras ella miraba sus grandes pollas. Se había preguntado, muchas veces, cómo reaccionaría Amy ante uno de esas vergas sondeando sus profundidades.

"¿Desayuno listo?" Pete todavía estaba soñando despierto cuando Amy tomó su lugar en la mesa. Ella estaba sonriendo y de mejor humor de lo que había visto en mucho tiempo.

"Una orden de tocino y huevos", Pete trató de mantener las cosas ligeras mientras comían. "Solo para que conste, anoche fue genial para mí".

"Hummm, yo también". Tomó un sorbo de café antes de continuar. "Desearía que todas las veces pudiera ser así".

"Yo también, cariño. Me he quedado pensativo tratando de dilucidar por qué anoche fue diferente". Pete dudó sobre su próxima pregunta. "¿Crees que el tipo que nos miraba desde la ventana del autobús tuvo algo que ver con eso?".

"Me preguntaba sobre eso yo misma", dijo ella sonriente, "por alguna razón me excitó".

"Sí, yo también. Lástima que no es fácil repetir el experimento para ver qué sucede".

"Quizás si se pueda, no será el mismo autobús, o no será en el tráfico, pero en la carretera siempre podremos repetir lo que hicimos", le dijo ella sonriendo.

"Mmmm me gusta tu nueva forma de pensar", le dijo él, asombrado por el cambio de su esposa de cuando el la conoció a ese momento.

El lunes Amy llegó unos minutos tarde al trabajo. Como ella y su buena amiga, Nancy, eran las únicas empleadas, y era una época lenta del año, su retraso no era un problema. Como de costumbre, Nancy comenzó a hablar sobre su vida amorosa. Por todo lo que decía de su esposo debía tener una pija como un caballo. Amy se preguntaba si alguien realmente podría disfrutar del sexo tanto como Nancy profesaba. ¿Estaría mintiendo o una gran polla marcaba la diferencia? La única polla que ella había tenido era la pequeña pija de Pete, y aunque a veces era buena, nunca la hizo sentir algo de lo que Nancy hablaba.

Amy, en el pasado, le había confiado a Nancy sobre sus problemas maritales y esta mañana le contó lo buena que había sido la noche anterior. Ella le habló todo sobre los chicos en la playa, el viaje a casa y el hombre que observaba desde el autobús.

"Esa es tu respuesta al problema. Necesitas la emoción de hacer cosas que a tu mamá no le gustaría. Ve a ese campamento nudista que te dije. Mirar todo ese panorama de exhibición de carne seguro te va a calentar el cuerpo".

"No, no me sentiría bien quitándome la ropa en público".

"Oye he ido y es muy excitante, y no es obligatorio desnudarte, puedes usar tu bikini, aunque te perderías la mitad de la diversión, porque es muy excitante desnudarte y dejar que otros tipos te vean y se exciten viéndote", le dijo su amiga.

Amy no dijo nada y se quedó pensativa.

"¡Oh vamos, niña! ¿Vas a vivir a la sombra de mamá toda tu vida? Escucha a la tía Nancy; ¡vive un poco!".

´Será que Pete lo haría´. Se preguntó Amy en su mente y no pudo sacarse ese pensamiento por el resto del día.

Amy tenía el tiempo justo para un entrenamiento rápido en el gimnasio, así que se detuvo en el estacionamiento y corrió a su casillero, se puso su leotardo y se miró al espejo; Le quedaban como un guante. Me veo sexy, pensó, mirando su imagen reflejada en el espejo.

Tan pronto como cruzó la puerta de la sala de pesas oyó un silbido. Miró a su alrededor para ver quién silbaba. La única otra persona en la habitación era Don, un tipo un poco más joven que ella que era proveedor en su lugar de trabajo y que a menudo visitaba sus oficinas.

Don siempre estaba coqueteando con ella y con Nancy. Hasta el momento, ninguna había sucumbido a sus encantos. Ella simplemente disfrutaba de la atención de Don sin tratar de animarlo. Sin embargo ella creía que su amiga Nancy estaba considerando seriamente salir con él. Nancy le había dicho que él estaba bien dotado, y ahora, mientras se acercaba a ella, vistiendo pantalones cortos ajustados y una camiseta sin mangas, Amy podía ver claramente que Nancy no exageraba.

"No puedo creer que es la chica sexy de la oficina", dijo Don. Él la abrazó y por alguna razón, ella le devolvió el abrazo. Animado, Don presionó su polla contra su estómago. Ella dudó un segundo antes de alejarse.

"Tengo que empezar, estoy corta de tiempo para hacer ejercicio; Pete llegará pronto a casa y tengo que cocinar la cena". Mientras hacía su rutina de levantar pesas en silencio, recordaba cómo había sentido esa gran polla, presionando contra ella. Don la veía de lejos y le sonreía durante el entrenamiento. Ella disfrutó de la atención que generaba en el joven.

Terminado su entrenamiento ya era hora de irse. "Vamos, preciosa", Don estaba vestido y esperándola en la puerta del vestuario. "Pasemos por el bar a tomar algo". Le pasó el brazo por los hombros y trató de llevarla al bar de al lado.

Ella se apartó de nuevo. "Te dije que no podía esta noche. Tengo que preparar la cena para mi esposo".

"¿Eso significa que si no tuvieras que ir, tomarías una copa conmigo?", ella se dio cuenta de que su respuesta dejaba abierta la puerta a otra invitación.

Amy no respondió, pero le dio una sonrisa radiante.

"Quizás en otro momento, entonces", dijo mientras se alejaba.

Amy miró su trasero hasta que dobló la esquina. Nunca se sabe, pensó ella. Pete quiere que vea a otro hombre desnudo. Apuesto a que valdría la pena mirarlo.

La cena había terminado, la cocina estaba impecable, ella y Pete miraban una película sentados en el sofá.

"Sabes, Nancy me comentó de una playa nudista que hay aquí cerca, ¿sabes algo de eso?" le dijo ella.

Pete sabía perfectamente de cual playa hablaba, y no sólo sabía sino que fantaseaba con ir, sólo que no se atrevía ni a sugerírselo a su mujer, sin embargo, ahora que las cosas habían cambiado un poco con el incidente del autobús, le dijo casualmente, "la verdad es que algo he escuchado, ¿por qué me preguntas, quieres ir?".

"Ella tartamudeo, ehh... sí... no se... ¿tú quieres ir?"

Pete sabía que la tenía enganchada ahora. "Entiendo que es el tipo de club que puedes pagar entrada por el día y puedes usar tanta o tan poca ropa como quieras".

"Sabes, Nancy dijo que era algo muy excitante, pero no sé, ella a veces exagera las cosas". Dijo ella esperando ocultar su emoción al respecto. "¿Crees que sería algo excitante de hacer, parecido a lo del autobús?".

"No me cabe la menor duda de que sería algo muy caliente, me encantaría que intentáramos algo así a ver como mejora nuestra vida sexual", él por su parte no podía ocultar su entusiasmo.

"¿Crees que los dos desnudos y mirando a otras parejas desnudas tendrían el mismo efecto?", pregunto con ingenuidad simulada Amy.

Él no podía creer lo que oía. Desde la primera vez que escuchó sobre la playa nudista, se preguntó cómo podría lograr que ella fuera con él. "Si quieres, llamaré a mamá y veré si puede vigilar a las niñas este fin de semana. Si ella puede, podríamos ir", dijo. En cuestión de minutos llamó a su mamá por teléfono y ella aceptó cuidar a las niñas.

Al día siguiente, Amy le estaba contando a Nancy sobre sus planes para ir a la playa, cuando Don llegó a conversar sobre unas entregas que estaban por despachar. Como de costumbre, comenzó a coquetear, primero con Nancy, luego con Amy.

"¿Cuál de ustedes, señoritas será la afortunada de ser mi cita para el fin de semana?" Prometo mostrarte algo que nunca olvidarán". Fue lo suficientemente descarado como para ajustarse el paquete justo en frente de ellas. Ambas mujeres disfrutaron del atrevimiento del joven.

"Supongo que no tienes suerte", respondió Nancy. "Mi esposo y yo vamos a salir de la ciudad y Amy y Pete han planeado un viaje a la playa nudista. Tal vez puedas resolverlo a mano". Dijo ella señalando a su paquete.

"No puedo ganarlas a todas", Don parecía no perder nunca su sentido del humor. "Una de ustedes ya prometió dejarme comprarle una bebida, quién sabe lo que haría la próxima semana".

Cuando él se fue, Nancy echó una mirada a su amiga y riendo le dijo, "eres una zorra".

"Yo no he aceptado nada, ya sabes cómo es Don".

La playa nudista abría a las 10:00 am los sábados. Pete y Amy llegaron pasadas la 11am y cruzaron el único puente hasta la pequeña isla privada. Era una isla en el sentido de que estaba rodeada de pantanos y manglares por tres de sus lados y el océano en el otro, lo que le daba mucha privacidad.

Después de cruzar el puente atravesaron un espeso follaje que ocultaba el complejo desde la carretera. Al llegar y estacionar, encontraron en una réplica casi perfecta de una isla del Caribe.

"¡Guau! Nunca imaginé que existiera un lugar como este cerca de nosotros". Amy hizo una pausa para mirar un poco antes de entrar a la Casa Club, donde podían cambiarse y dejar su ropa en un casillero personal.

"Es hermoso", coincidió Pete, pero solo se refería parcialmente al paisaje. Estaba mirando a una pelirroja desnuda que pasaba caminando hacia la playa. Ella tenía un pareo de seda abierto completamente que no cubría nada. Miró a Pete directamente a los ojos y le dedicó una sonrisa que derretiría el hielo. Pete sintió una reacción inmediata de su polla. ¡Oh chico! Esto va a ponerse interesante, pensó. Mantendré una erección todo el día.

Amy se echó a reír y lo empujó hacia el lado de los hombres. "Entra y cámbiate antes de empezar a babear".

Pete no tuvo ningún problema en quitarse la ropa y salir. Ella era diferente; no podía convencerse a sí misma de pasar por la puerta desnuda. En su lugar, se puso un bikini rosa muy pequeño que nunca se había atrevido a usar. Se miró en el espejo de cuerpo entero. Caliente y descarado, pensó; las mujeres afuera están desnudas, así que aunque el bikini se transparentaba un poco, se sentía como una monja ante las demás. Satisfecha, fue a encontrarse con su marido y lo encontró de pie cerca del camino de la playa, observando a las mujeres, mientras caminaban hacia el agua. Su pequeña polla se erguía orgullosamente ante todos.

Él silbó cuando la vió. "Bien", dijo, "incluso si no te atreves a desnudarte, estás mostrando más de lo que pensaba". La atrajo hacia sí y la besó. Su polla erecta presionó su vientre. "Eres realmente hermosa."

"¿Tan bonita como las mujeres desnudas que has estado mirando?"

"Más bonita, bebé, mucho más bonita". Bajaron a la playa y buscaron su sombrilla y extendieron sus toallas sobre las tumbonas que habían alquilado por el día.

Amy se acostó boca abajo mientras estudiaba a los vecinos que se asoleaban a su lado, le pidió a Pete que pusiera loción protectora sobre su espalda. Dondequiera que mirara, veía hombres y mujeres completamente desnudos. Solo vio unas tres mujeres más con bikinis; esto la envalentonó y le dijo al marido que le desatara el top para que pudiera poner mejor la loción.

No se le veía nada ya que estaba boca abajo, pero la sensación de que no tenía atado el bikini comenzó a hacer que se excitara un poco. Se levantó sobre sus codos para poder ver mejor a su alrededor y se dio cuenta que podían ver los lados de sus hermosos senos, esto hizo que sintiera un hormigueo en su entrepierna.

Sentía las manos de su marido poner loción en la espalda. Luego siguió con sus piernas y podía sentir como su esposo deliberadamente tocaba su entre pierna, se sentía en el cielo, podía percibir como se comenzaba a mojar.

"Date vuelta, para ponerte protector por delante". Amy iba a amarrar de nuevo las tiras el bikini y él se lo quitó de las manos y le dijo, "mira, la mayoría de las mujeres andan desnudas, deja tu pecho al aire, además ¿cómo podría ponerte loción si te dejas el top del bikini?". Ella sintió un mariposeo en su estómago y tuvo que hacer un esfuerzo para dejar sus hermosas tetas a la vista de todos, cerró los ojos en un vano intento de pensar que nadie la veía.

Él comenzó a poner el protector sobre su pecho y sintió como sus pezones se ponían en punta. Ella por su parte se sentía más excitada que el día del autobús, así que decidió dejarse llevar. Él continuó con sus muslos, tocando su entrepierna de nuevo, a lo que ella respondió abriendo un poco las piernas para que tuviera mejor acceso a su coño.

Después de colocar loción a su mujer, Pete buscó en la hielera un par de cervezas y se relajaron, "a la salud de la mujer más hermosa de la playa", le dijo él, ella alzó su cerveza, "salud", y procedieron a tomar de la fría bebida mientras observaban el paisaje.

Amy tuvo que admitir para sí, que disfrutaba de ver la variedad de pijas que desfilaban ante sus ojos. Las había de todos tipos, colores y medidas. No vió a ninguno empalmado, a diferencia de su marido que se le había parado desde que llegó. Notó como algunos hombres que caminaban frente a ellos se aseguraban de que ella echara un buen vistazo a sus pollas. Los más exhibicionistas eran los que andaban solos y se sabían mejor dotados que los demás.

Él le preguntó, "¿qué te excita más, ver o que te vean?".

Ya se había tomado su segunda cerveza y le admitió a su marido, "la verdad es que esto está resultando muy excitante y es tan nuevo para mí que no sé qué me calienta más si ver o ser vista".

Él se paseó por la idea de que ella no podría evitar comparar su pequeño pene con alguna de las vergas que por allí deambulaban. Se sentía medio paranoico pues pensaba que era el que tenía la pija más chica. Quizás en esto influyera el hecho de que los más aventajados, no perdían oportunidad de pavonearse delante de las mujeres de los pito chicos como él. Esta sensación de inferioridad y humillación hizo que su pipicito se mantuviera muy durito, lo cual trataba de disimular. Miró un semental cuyo pene flácido debía ser el doble de su pene erecto y se sintió avergonzado y extrañamente excitado.

"Y a ti ¿qué te excita más?", pregunto ella.

"Te tengo que ser sincero, toda esta experiencia me tiene como loco, mira como estoy de duro. Me da pena que soy el único con el pene erecto".

"Ya puedo ver", dijo su mujer riendo de verlo.

"Tú no tienes nada de qué avergonzarte. Tus pechos se ven mejor que la mayoría de las mujeres aquí, en cambio yo tengo la polla más pequeña que he visto hasta ahora".

Amy tuvo que admitir que su esposo tenía razón. Con la disminución de sus inhibiciones, se volvió más audaz al ver a los otros hombres. Le parecía que estaba en la convención nacional de pollas, además estaba el hecho de que casi todos tenían una verga más grande que la de su marido. De pronto tuvo una revelación, allí debía radicar el problema de su matrimonio y de inmediato se encontraba preguntándose cómo se sentiría tener una de esas grandes pijas sondeando entre sus piernas.

Ella miraba a su alrededor, de pronto un rostro conocido llamó su atención, el hombre le dedicó una gran sonrisa y la saludó. Estaba secretamente complacida, aunque trató de fingir que no.

Pete, que había estado haciendo comentarios todo el día dijo susurrando, "¡Mira esa verga!". Se refería precisamente al hombre que venía caminando hacia ellos, con una polla colgando generosamente.

"¿Qué está haciendo él aquí?", dijo Amy que había reconocido a Don.

"¿Lo conoces?".

"Es proveedor de la oficina". Ella esperaba que él no dijera algo incorrecto frente a Pete. De pronto se dio cuenta que sus tetas estaban a la vista de aquel joven e instintivamente trató de taparse, sin embargo, se sentía tan excitada con toda la situación que se recostó de la silla y se dejó admirar por él. Cuando Don se detuvo junto a su silla, le extendió la mano saludándola, "Hola Amy, ¿cómo estás? ella se incorporó y le estrechó la mano y les dijo, "Don te presento a mi esposo. Pete te presento a Don un amigo de la oficina", los hombres estrecharon la mano y Pete se quedó sentado con una toalla tapando su erección. La polla de Don estaba a la altura de sus ojos y no podía evitar verla directamente. Debía medir unos 20 cm y estaba flácida.

"¿Quieres una cerveza?, preguntó Pete amablemente, Don aceptó y él se la alcanzó, "siéntate por favor". Don se sentó frente a ellos y comenzaron a charlar mientras sorbían sus frías cervezas.

Después de algunas palabras agradables, ella no podía creer lo que pasó. En lugar de tratar de coquetear con ella, como ella temía, Don dirigió toda su atención a Pete. Mientras Pete y Don hablaron sobre pesca, golf y béisbol; la dejaron de su cuenta. Apenas si podía admirar la verga de Don porque no la apreciaba bien desde la posición donde ella estaba. Amy estaba ansiosa de tener la atención de Don, así que en un momento dado dijo, "me voy a dar un chapuzón en el mar".

Los dos hombres siguieron conversando, pero fijaron su mirada en ella mientras se alejaba para entrar al mar, ambos disfrutaron de ver su hermoso culo dentro del pequeño bikini, Pete seguía excitado de ver como todos y en especial su nuevo amigo la veían con deseo. Don, por su parte, estaba imaginándose como sería culearse a esa hermosa mujer.

El agua estaba abarrotada había cuerpos desnudos por todas partes. La arena era blanca y el agua completamente translucida. Se adentró un poco más, hasta que el agua le daba por la cintura, esto le permitía sumergirse y si acercaba algún hombre al que quería lucirle sus senos, se incorporaba y mostraba sus tetas a los ávidos ojos del afortunado mirón. Se acercaron un par de jóvenes de unos 20 años y ella aprovechó de mostrar sus bellas tetas con sus rosados pezones muy duritos, los chicos estaban a unos 3 metros y ella podía ver como se tocaban sus erecciones. Los complació una vez más y ellos se vinieron en sus manos, dejándole saber lo que había ocurrido. Ella pensó, esto del exhibicionismo se me hace tan excitante. No pudo hacer menos que tocarse y venirse en segundos. Se metió dentro del agua una vez más para refrescar su cabeza y luego inició su regreso a donde estaba su marido y Don. Mientras salía pasó a un lado de los chicos que se habían masturbado y les dijo, "¿disfrutaron?", uno de ellos le dijo "¿Cómo no disfrutar de alguien como usted?".

Ella, sonrió y salió del mar con una radiante sonrisa.

Cuando llegó a su sombrilla, solo Don seguía allí, descansando en la tumbona donde antes estaba su marido, con su enorme paquete en exhibición para su placer visual.

"Pete acaba de ir al baño", le dijo antes de que ella pudiera preguntar.

"¿Qué crees que estás haciendo?", le dijo ella.

"¿Qué quieres decir?".

"Sabes muy bien lo que quiero decir. Estás conversando con Pete como si hubieras sido amigos desde hace mucho tiempo".

"Oye, ¿qué te puedo decir? Me gusta el tipo; tenemos mucho en común: golf, pesca, béisbol, y los dos queremos follarte".

Amy no sabía cómo responder. Parte de ella quería decirle al bastardo presumido que se fuera al infierno, pero la otra parte vio la enorme polla que tenía entre sus piernas. No solo era largo, era grueso, más grueso que cualquier cosa que hubiera visto. Cuando ella lo comparó mentalmente con Pete y su mini polla, éste no salió demasiado bien.

Ella se recostó en la silla de al lado y presumió de sus tetas.

Pete regresó y acercó una silla para él, pasaron el resto de la tarde conversando los tres, compartiendo unas cervezas, ella de vez en cuando miraba a Don y este la atrapó viéndolo en varias oportunidades y le sonreía de vuelta. Como a las 4pm Pete dijo, "bueno nos vamos, un placer haberte conocido Don, tenemos que encontrarnos de nuevo algún día".

La última frase, dejo a Amy intrigada.

De camino a casa repitieron las caricias de Pete al coño de su mujer, aunque no había tráfico suficiente para que se detuviera a su lado algún autobús o camión, pasaron junto a algunos que tuvieron una vista parcial y momentánea del cuerpo desnudo de Amy.

Ya en la casa, Pete acurrucándose a su mujer le preguntó "¿Disfrutaste nuestro viaje a la playa hoy?", su polla estaba dura y la apretó contra su muslo.

"Estuvo bien, supongo", dijo ella cautelosamente para no decirle la verdad. Le había gustado ver a los hombres con grandes pollas; de hecho, solo pensar en ellos la excitaba. Además disfrutó ampliamente mientras exhibía su cuerpo otros hombres.

Ella acarició su pequeña polla, pero todo el tiempo pensaba en Don y su pija gigante.

Parte del deseo de Pete se había hecho realidad. Mirar el equipo más grande de los otros hombres la había hecho querer follar. Y le reafirmó su sospecha de que su pequeña cosa, no la entusiasmaba mucho.

Ella por su parte, todavía estaba comparando pollas mentalmente cuando abrió las piernas para que Pete se arrastrara entre ellas. Ella estaba muy excitada así que deseaba una buena cogida, sin embargo no tenía muchas esperanzas con la pequeña polla de su marido, así que se valió de su imaginación y recuerdo de la polla de Don para dejar que la lujuria se apoderarse de ella.

En cambio, Pete estaba en el cielo, comenzó a besar el interior de la parte superior de su muslo y se dirigió hacia la fuente del olor a almizcle que le llenaba las fosas nasales. Él sabía que ella decía que no le gustaba el sexo oral, pero realmente nunca le había dado una oportunidad. Quizás esta noche sería diferente. Si ella solo le diera una oportunidad, él le mostraría lo que su lengua podría hacer. Se las arregló para pasar la lengua por su raja húmeda solo tres veces antes de que ella le agarrara por el cabello y lo atrajera hacia sí.

A pesar de las enseñanzas de su madre, el estado de lujuria en que se encontraba le permitió dejarse llevar por primera vez después de todos estos años. Cuando la lengua de Pete acarició sus labios inferiores, tuvo que admitir que se sintió bien. Así que se dejó llevar. Él después subió a su clítoris y la empezó a estimular mientras ella seguía apretándolo hacia ella para sentir una mayor fricción que en corto tiempo la llevó a su primer orgasmo producto de una buena mamada.

Estaba muy excitada y necesitaba más, "ven y fóllame", le dijo mientras lo haló y guio su polla hacia su resbaladiza concha. Apenas lo sintió entrar.

Esta noche, a pesar de lo excitada que estaba, su pequeña polla la decepcionó una vez más y fue perdiendo la emoción hasta que él se corrió y ella quedaba insatisfecha, con ganas de sentir una gran verga que la llevara al clímax. Por primera vez deseó tener una gran polla dentro de ella, deseó que fuese alguna de las que había visto, pero en especial deseó fervientemente la polla de Don. Ella trató de fingir, sin mucho éxito. Las imágenes de las pollas grandes, que había visto en la playa, seguían corriendo por su mente.

"¿Ya te corriste?, ni un joven se viene tan rápido". Esas palabras de ella desmoralizaron a Pete, que una vez más había fallado en hacer que se viniera mientras cogían.

"Lo siento. Podría hacerlo mejor, si tuviese una pija más grande, pero eso no lo puedo cambiar", se sintió humillado, pero le gustaba lo que sentía cuando reconocía su inferioridad respecto a otros. "No importa mi pito chico, ven con mamá y dame una buena mamada como lo hiciste antes", con estas palabras ella hizo que él se metiera entre sus piernas y comenzó a lamer sus labios vaginales de nuevo, no pudo obviar el hecho de que su semen estaba allí, no le desagradaba el sabor así que siguió estimulando a su mujer hasta que se vino de nuevo. Luego ella exhausta se durmió.

Él no podía dormir. Su mente divagaba entre frustración por no poderla hacer acabar con su pene y emoción de que ahora ella añoraba sus mamadas y se venía con su lengua.

Al rato se fue al baño y pensando con envidia en las pollas que había visto en le playa se comenzó a excitar y se masturbó imaginando que una de esos pollones pudiese satisfacer a su mujer. Todo el tiempo, se sintió como el perdedor más grande del mundo, y de alguna forma bizarra eso le causaba algún tipo de excitación.

Después de una noche inquieta se despertaron con un día soleado, abrazándose y disculpándose por las cosas malas que pasaron la noche anterior.

Amy sabía que había hecho mal en ser irónica con él, pero no podía disculparse. Cuando él se fue al baño ella comenzó a pensar en pollas grandes y gruesas, mientras se frotaba el clítoris. Ella se detuvo antes de llegar al clímax; Mamá dijo que las chicas buenas no hicieron eso. Amy todavía podía ver la cara de mamá mientras proclamaba con seriedad la masturbación contra las reglas de la naturaleza. Amy tuvo una revelación, supo que su mamá estaba equivocada al respecto. Así que se entregó al placer que sentía, y al imaginar la gruesa polla de Don rompió en un clímax placentero.

Desayunaron y salieron a pasear las niñas el domingo y a descansar para el inicio, al día siguiente, de una nueva semana.

Cuando salieron a trabajar, toda la vergüenza y las frustraciones existían solo en los recovecos de sus mentes, donde esperaban pacientemente la próxima explosión. Sus pensamientos negativos fueron suplantados por las cosas buenas que habían vivido, cada uno desde su perspectiva particular.

Los siguientes dos meses parecieron pasar volando. Pete y Don se estaban convirtiendo en buenos amigos. Todos los fines de semana jugaban al golf o pescaban juntos. Durante la semana, Don convenció a Pete para que fuera con él al gimnasio. A Pete le comenzó a gustar sus idas al gimnasio. Los tres trataron de hacer al menos tres entrenamientos por semana y esto comenzó a hacerse notar en Pete, su peso bajó y su tono muscular mejoró.

Amy le había contado a Nancy sobre su experiencia en la playa y en la hermosa pija que tenía Don, le dijo textualmente, "se me hace agua el coño de solo pensar en esa generosa verga", Nancy había puesto cara de horrorizada mientras ambas reían a carcajadas.

Por su parte Don cuando visitaba la oficina, centraba toda su atención en Amy. Esto le valió que Nancy comenzara a tomarle el pelo a Amy diciéndole, "bueno amiga, ya tienes a Don comiendo en tu mano, ¿cuándo vas a dejar que te coma a ti?", Amy trataba de disimular su emoción por esto diciéndole a su amiga, "¿estás loca?, nada que ver, soy una mujer casada", pero en su mente disfrutaba de toda la atención que el chico le prestaba.

Un jueves por la noche, Amy tuvo que asistir a una reunión y solo ellos dos estaban en el gimnasio, después que terminaron fueron al vestuario a ducharse, después de bañarse salieron de la ducha al mismo tiempo. Mientras se secaban, el miembro de Don se balanceaba orgulloso de lado a lado, mientras que el de Pete parecía más pequeño que de costumbre, parecía un dedo pulgar sobresaliendo. Ambos hombres se vieron el uno al otro.

"Don, con una polla así apuesto a que puedes conseguir a la mujer que quieras", comentó Pete, "hombre, me gustaría tener algo así", dijo bajando los ojos y humillándose ante la superioridad de su amigo.

"La verdad es que no puedo quejarme amigo".

"¿Qué mujer dejaría algo tan grande como la tuya por una de tamaño normal como la mía?".

"Veo que estás muy impresionado con ella, deseas tocarla?".

"Si, pero por favor, no pienses que soy gay o algo, es simple curiosidad", Pete pensó en cómo se sentiría, así que se acercó tímidamente y la tomó en su mano. La sintió más pesada de lo que imaginaba, no pudo evitar correr su mano sobre su eje, como una suave masturbación y notó que este adquiría mayos volumen y peso. "Si sigues haciendo eso amigo, me lo vas a poner muy duro", le dijo Don cerrando los ojos. De pronto el sonido de la puerta los volvió a la realidad a ambos, y se voltearon y comenzaron a vestirse. Era otro compañero que venía a las duchas. Ellos terminaron de vestirse y salieron del baño.

Fueron al bar de al lado. Don estaba en su segunda cerveza y Pete en su tercera y de pronto le dio la sorpresa de la noche comentando, "creo que mi mujer disfrutaría algo como eso". Don un poco sorprendido apenas respondió "estoy de acuerdo contigo...".

La mente de Pete estaba absorta con sus pensamientos. ¿Cómo le iría a Amy con un tipo como Don?.

Don por su parte estaba un poco atónito con lo que había pasado, pero concluyó que era bueno para sus intenciones, pensaba, creo que al final de todo Amy será mía y es probable que sea con el consentimiento de Pete, así que sondeo a éste, "sabes que tu mujer es muy atractiva, y sabes que soy un mujeriego empedernido, sin embargo eres mi amigo y nunca haría nada sin tu consentimiento".

Pete se quedó pensativo, "sabes que confío en ti y que deseo lo mejor para mi mujer".

Don se preguntó, ¿eso era un sí o un talvez?, al menos le había dejado claro su interés por Amy.

Bebieron una cerveza más sin cruzar palabras, cada uno absorto en sus pensamientos.

Pete permaneció por un tiempo después de que Don se fue. No podía creer lo que acababa de conversar con Don.

La reunión de Amy había terminado temprano, así que tan pronto como regresó a casa, comenzó a preparar la cena. Mientras lo hacía, pensó en cómo Don y Pete se habían convertido en tan buenos amigos. Luego, sus pensamientos derivaron a lo mucho más grande que era la polla de Don, en comparación con la de su marido. No podía evitar preguntarse qué tan diferente se sentiría el sexo con un hombre que la tuviera más grande que su marido.

Pete llegó a casa sintiéndose muy caliente con toda la situación. Intentó todo lo que sabía en un esfuerzo por encender a Amy. Nada funcionó. Cuando se acostaron y él trató de acurrucarse, ella lo despidió con la vieja rutina del dolor de cabeza.

A la semana siguiente, Don y Amy coincidieron en el gimnasio y Pete no fue porque tuvo que trabajar. Le había dicho a Amy que llegaría tarde en virtud de un problema que se había suscitado en la empresa. Don estaba en el gimnasio cuando ella llegó y se paró a recibirla como de costumbre, le dio un beso en la mejilla y un abrazo lo suficientemente cerca que le permitía a ella sentir su paquete apoyado en su abdomen. Esto le alborotó mariposas en el estómago a Amy, que le sonrió cálidamente al separarse. El la ayudó toda la tarde con sus rutinas, aprovechando de tocarla y rozarla cada oportunidad que tuvo mientras la ayudaba a flexionar las piernas, o levantar algún peso. Cuando terminaron sus rutinas de ejercicio Don se acercó a ella y posando su mano en la cintura le dijo, vamos te invito un trago. Ella sintió una extraña sensación de hormigueo en el abdomen y se preguntó a sí misma, pero ¿qué te está pasando? Mientras aceptó con una amplia sonrisa, deja refrescarme y vamos.

Después de cambiarse se fueron al bar que quedaba cerca y se tomaron unas cervezas y Don no paraba de piropear y alabar su belleza mientras apoyaba su mano cálidamente una pierna o un brazo. Amy se sentía en otra galaxia.

"Sabes Amy, eres una mujer muy hermosa, no puedo ni quiero contener mis impulsos hacía ti" le dijo él mientras sostenía una de sus manos.

Ella sin apartar su mano de las de él, le dijo, "yo me siento igual, pero ya sabes, estoy casada, no es correcto hacer esto, por más que lo desee con toda mi alma". Se sorprendió de haber pronunciado la última frase, sentía que había quedado desnuda delante de él, al insinuar que deseaba mucho estar con él. Entonces agregó "no podría engañar a Pete, él ha sido un esposo dedicado, cariñoso y comprensivo".

"El que quieras respetarlo como lo haces te hace una mujer ejemplar también, pero debes pensar en ti, en lo que quieres, en lo que necesitas y estoy seguro que un hombre tan bueno como tu marido podría entender que tú tienes necesidades que él no puede satisfacer y si es tan bueno como dices creo que sería capaz de entender lo que necesitas y darte la libertad de disfrutar lo que te mereces".

Las palabras de Don dejaron sin habla a Amy. Ella podía sentir la calidez de sus manos en la de ella. Se comenzó a preguntar ¿a qué necesidades se refiere?, ¿habría hablado con su marido sobre esto?, ¿habría sido ella tan evidente para dejarle saber que estaba ella, contra todo pronóstico, deseando una verga grande como la de él? No se percató que él se había acercado a ella, hasta que sintió su aliento en la cara. Cerró los ojos y dejó que el la besara cálidamente en los labios. Cuando se separaron, ella dijo, "disculpa, me tengo que ir".

"Perdona fue mi culpa", le dijo él galantemente mientras se paraba para despedirla.

Ella se paró y le dio un beso en la mejilla muy cerca de sus labios, mientras él la abrazó y le hizo sentir su calor. Ella se estremeció entre sus brazos, al sentir de nuevo su erección, se separó y se fue.

Su mente volaba a mil kilómetros por hora, se debatía en el deber ser y el deseo desenfrenado, llegó a casa, Pete había llegado unos minutos antes. Ella se abalanzó a sus brazos y lo besó, el sorprendido le retribuyó su emoción y fueron presurosos al cuarto. Él no podía entender este arrebato de su esposa, se arrancaron la ropa y él se metió entre sus piernas y le arrancó el primer orgasmo, mientras ella gemía como nunca la había oído. Después de acabar, le pidió ven y fóllame, el presuroso se montó sobre ella. Como siempre, apenas si lo sintió cuando el entró en ella. En ese momento él le dijo, "amor, esa rutina de ejercicios tuvo que estar del otro mundo para que te hayas puesto así". Este comentario de su marido disparó todos los recuerdos de esa tarde y la lujuria le desencadenó un segundo más intenso, que Pete no sabía de donde venía pero adoró el hecho de que se corrieron juntos con él montado sobre ella.

El sábado siguiente, después de que la abuela recogió a las niñas, él y Amy se habían sentado a desayunar; Pete decidió usar el enfoque directo. Algo tenía que convencer a Amy de que el sexo no era desagradable; Tal vez lo conversado respecto al libro que él había leído, sobre una mujer, que cambió su forma de pensar después de tener un amante, tenía un punto.

"Cariño", comenzó, "¿recuerdas el libro que te comenté donde la esposa tomó un amante y comenzó a querer más sexo?" ¡Maldición! Estaba tan nervioso como un adolescente en su primera cita e intentaba desesperadamente no decir nada para empeorar las cosas.

"Claro, lo recuerdo. ¿Por qué?".

"Bueno, ya sabes... Se parecían mucho a nosotros, y ayudó a su matrimonio al hacer que la esposa quisiera más a su esposo".

"Déjame aclarar esto, ¿crees que nos ayudará si me follo a otro hombre? ¿Estás loco?", le decía ella mientras recordaba el beso que Don le había dado y como sintió su erección al despedirse.

"Mira, no sé si ayudará o no, pero algo tiene que cambiar. Necesito follar más de una vez al mes, para mí no es suficiente que solo cogemos cuando los astros están alineados o pasa un cometa por el firmamento".

Un poco molesta por la metáfora astronómica y sin pensarlo le dijo, "¿Y a quién crees que debería follar? ¿Don tal vez, con su polla gigante?". Inmediatamente temió que su marido se molestara.

"Bueno, ¿por qué no? Parece un tipo lo suficientemente decente y parece que te gusta, ¿por qué no sería una buena opción?" le dijo Pete tranquilamente.

"¿Estás seguro de que quieres abrir esa puerta?" Amy se dio cuenta de que su vida sexual dejaba mucho que desear, y para ser sincera consigo misma, tenía la mayor parte de la culpa. Además no sabía cómo últimamente ya no le parecía algo descabellado.

"Si es lo que tengo que sacrificar para tener una vida llena de lo que tuvimos anoche, lo hare sin dudar un momento", dijo él seriamente.

Terminaron el desayuno en silencio. Cada uno centrado en lo que significaba desde su punto de vista. Ella, no tenía duda de que su interacción con Don, había desencadenado los eventos de la noche anterior. Por su parte él estaba pensando en que le excitaba mucho el hecho de ver a un semental como Don dentro de su mujer.

Más tarde esa mañana, mientras Pete y Don estaban en el campo de golf, ella todavía estaba pensando en eso. Pete puede que tenga razón, pensó.

Incluso ahora tenía que sonreír cuando pensaba en algunas de las tonterías que ella le había hecho a Pete en los últimos años. Había hecho cosas como irse a la cama temprano, mientras Pete miraba el juego de béisbol, solo para evitar la molestia de tener que inventar excusas por las que no quería coger con él.

Muchas noches, cuando Pete finalmente la seguía a la cama, la encontraba leyendo una novela romántica. Tan pronto como él se metía en la cama, ella apagaba la luz y le daba la espalda. Si Pete trataba de frotar su espalda, o tocar su pecho, o besar su cuello, o cualquiera de las otras cosas que normalmente la excitaban, su respuesta habitual era quejarse de estar cansada o tener dolor de cabeza.

Ella amaba a Pete, realmente lo amaba; Entonces, ¿por qué no podía relajarse y disfrutar del sexo con él? Todas las demás mujeres parecían disfrutar haciendo el amor con sus maridos, ¿por qué ella no podía? Cuando analizó la situación, siguió planteando las mismas dos razones. En primer lugar, su jodida infancia, y en segundo lugar, le dolía admitir esto, el pequeño pene de Pete simplemente no hacía el trabajo. Ella sentía que su tamaño era parte del problema, ya que disfrutaba jugando con su clítoris y siempre tenía un clímax alucinante cada vez que se permitía terminar. Pensando en las pocas veces que realmente disfrutaba del sexo con Pete, se dio cuenta de que siempre había algún factor externo, por ejemplo, el hombre que observaba desde el autobús. O su interacción con Don después del gimnasio.

¿Tendría razón Pete? ¿Necesitaba follar a otro hombre? ¿Eso haría que ella disfrutara del sexo con él? Su cabeza era solo un revoltijo de pensamientos.

Quizás Pete tenía razón, después de todo, ¿qué tenía que perder? Si no funcionara, sería solo una única vez. Así que decidió que lo intentaría. Esa decisión trajo otra pregunta, ¿podría hacerlo mientras él miraba? Ella sabía que su marido quería, pero ¿podría relajarse lo suficiente como para darle una prueba justa al experimento?.

El 'quién' era evidente; Don se estaba convirtiendo en un amigo muy cercano. Pete y él siempre estaban juntos, y Don por su parte siempre estuvo interesado en estar con ella. Él iba tanto a su casa que las niñas habían empezado a llamarlo tío Don y siempre intentaban que jugara con ellas. Tenía que admitir que también estaba desarrollando un deseo intenso por él. Bien, ella lo haría, pero primero tendría una última conversación con Pete.

Pete había llegado eufórico esa noche. Primero, había ganado a Don en golf por dos golpes, y ahora Amy había sugerido que vieran una película para adultos mientras se acurrucaban en el sofá. ¡Si! Las cosas iban a salir bien esa noche.

La película la escogió ella y se titulaba "Por favor cógete a mi esposa". La trama giraba en torno a este semental al que los hombres mayores invitaban a hacer por sus esposas lo que ellos no podían. Habían visto ya la mitad de la película y Amy se acurrucaba a su marido y sentía su 'pequeña cosita', como le gustaba llamarlo. Pete se sentía bien y tenía miedo de forzar su suerte.

Finalmente Amy rompió el silencio. "¿Estás seguro de que quieres que haga eso?", le dijo ella a su esposo mientras señalaba la pantalla. En la película la esposa siendo clavada por un macho con una verga descomunal mientras el esposo estaba viendo y jalándose su propia pija. "¿Te das cuenta de que una vez que suceda no podremos deshacerlo?".

"Lo sé", respondió Pete, "de hecho lo he pensado mucho, pero algo tiene que cambiar. Te amo, pero no puedo seguir así. Entonces, sí, estoy seguro".

"Una cosa más, Pete, no creo que pueda hacerlo sabiendo que estás mirando; no la primera vez".

"Eso cambia un poco las cosas. Hummmn... ¿Prometes contarme todo lo que suceda?".

"Prometo que te contaré cada cosa que suceda".

"¡De acuerdo! ¿Cuándo lo harás y con quién?".

"¿Te molestaría que lo hiciera con Don?

"¿Don?", preguntó sólo por despistar que le encantaría que fuese con él.

"Si, me parece perfecto, ambos lo conocemos, a ambos nos cae bien, es una persona decente, ¿por qué no?", dijo ella naturalmente.

"Bueno me parece bien", dijo dejando escapar un poco de emoción.

"Sólo falta ver si el estaría dispuesto, pero de eso me encargo yo" dijo tajante Amy a sabiendas que eso no sería problema. "Quiero hacerlo de forma que se sienta natural. Creo que tal vez solo alentaré a Don a seducirme. No tiene sentido hacerle saber que lo estamos usando".

Pete estaba encantado con eso. Ella había dicho que no podía hacerlo si supiera que él estaba mirando. Sabía que esa era la frase clave (si supiera). Simplemente no le haría saber que la estaba mirando, pero estaría haciendo todo lo posible para verla la primera vez que follara con Don.

Un día al llegar a casa ella le dijo a Pete, "invité a Don a cenar el viernes, voy a decirla a mamá que se lleve a las niñas el fin de semana". La mesa estaba servida y todos estaban ansiosos.

El viernes por la noche, Don llegó puntual con unas flores para Amy. Ella lo recibió con un beso que rozó la comisura de sus labios, y el como de costumbre la abrazó para hacerle sentir su hombría.

Después de cenar Pete se quedó viendo la televisión, mientras Amy estaba fregando los platos y Don la ayudaba a secarlos.

"Me duelen los hombros", se quejó ella. "Debo haberme excedido en el gimnasio".

"Tal vez pueda ayudar". Don se apresuró a aprovechar la apertura. Se movió para pararse detrás de ella y sus grandes manos amasaron los músculos de su cuello y hombros. Podía sentirla relajarse.

"Eso se siente muy rico", murmuró ella, recostándose contra él. Cuanto más se frotaba, más se relajaba. Mientras sintió en sus nalgas el bulto de Don. Se sintió tan bien.

Ella se presionó más contra él. Podía sentir su polla comenzar a crecer y presionar su trasero. Entonces Don la rodeó con los brazos y le ahuecó con sus manos los dos pechos. La combinación de sus manos acariciando sus tetas mientras le pellizcaba los pezones entre el pulgar y el índice, y su polla cada vez más dura que le tocaba el culo la volvía loca.

"Te necesito", susurró Don mientras le mordisqueaba la oreja.

"No podemos. Pete está en la habitación de al lado, podría venir aquí en cualquier momento".

Pete sintió mucho silencio en la cocina así que se acercó a la puerta a ver si los atrapaba en algo. Vió cómo Don abrazaba a su esposa y quería asegurarse de poder verlo todo. Se excitó viendo como Don mordisqueaba la oreja de Amy y pudo escuchar su comentario sobre él atrapándolos. Tenía la cura para eso. Regresó a su sillón y gritó "Cariño, acabo de encontrar las llaves del gabinete de suministros de la empresa en mi bolsillo. Las necesitarán al final del turno. Será mejor que las lleve".

"¿Realmente tienes que llevarlas ahora? Eso te llevará casi una hora".

"Probablemente más tiempo, pero igual al no encontrarlas me van a llamar a ver si las tengo y las tendré que llevar igual. Don, no te importa quedarte hasta que regrese, ¿verdad?"

"No hay problema, amigo. Tómate tu tiempo".

"Está bien. Llamaré cuando venga de regreso en caso de que necesites algo y así pasar a comprarlo por la tienda". Salió, se montó en el carro y se fue, se paró a dos calles y volvió a la casa caminando.

"Se ha ido", le dijo Don a Amy.

"Necesitamos terminar estos platos", dijo Amy.

Una vez que terminaron, ella sintió a Don abrazarla de nuevo. Su aliento le hizo cosquillas en los lóbulos de las orejas, mientras sus dedos rozaban ligeramente el cabello y le besó el cuello. Podía sentir su corazón acelerado.

Pete había llegado y entró al patio trasero y los espiaba desde el jardín.

Una mano regresó a su pecho mientras que la otra le acarició el estómago y luego la sumergió para ahuecar su montículo. Se quedó completamente quieta, mientras se quedaba sin aliento. Sus rodillas parecían débiles, y su coño sentía que estaba goteando humedad en su preparación para un intruso.

Apoyó ambas manos contra el fregadero en un esfuerzo por evitar caerse. Él llenó de besos su cuello; presionó su verga dura en su trasero, y luego pasó las manos por debajo de sus tetas.

"Mmmmm". Ella gimió y se encorvó, presionando su trasero más firmemente contra su polla rígida. Incluso a través de su ropa, ella podía decir que no había comparación con la de Pete. Su polla se sentía como un salami. Casi juraría que su coño goteaba en el piso, pero sabía que eso era imposible; ella todavía tenía las bragas puestas.

"¿Te gusta esto, bebé?" Ella no respondió. "¿Te gusta?" repitió el.

"Uh juh", su voz apenas era audible. Nunca, en toda su vida había sentido algo tan bueno. Ella se movió contra él.

Cuando Don atrapó sus caderas con ambas manos y la atrajo contra su polla, pensó que se desmayaría.

"¡Oh señor, sí!" Sintió el aire fresco en el trasero cuando Don le levantó la falda sobre la espalda. "Eso es, quítamelas", murmuró ella, sintiendo que él enganchaba sus dedos en las tiras de su ropa interior. Ella se movió, tratando de ayudar.

Ambos estaban en un mundo propio y ninguno tenía idea de que Pete pudiera ver y escuchar todo.

Sintió a Don frotar su glande sobre su resbaladizo coño. Se sentía como si le estuviera frotando una pequeña manzana. Ella abrió más las piernas, tratando de hacerlo más fácil para él. Él siguió frotando.

Lo puso en la puerta de su vagina y presionó suavemente coño sin deslizar la cabeza dentro.

Ella estaba ansiosa.

"¿Qué quieres, Amy? Tienes que decirme lo que quieres". Ella no respondió, así que él dejó de empujar su polla contra ella. "¿Qué quieres que haga?".

"Fóllame, quiero que me folles", alzó su voz con desesperación.

Pete observó fascinado cuando Don trató de empujar su polla pero no pudo.

"¡Ouch! Eso duele. Lo tienes muy grande no sé si podré soportarlo".

Don había peleado estas batallas antes. Así que volvió a frotar sus labios vaginales, que estaban chorreando flujos y embocó de nuevo la cabeza en su estrecha apertura y presionó de nuevo. Ella reaccionó con un gemido "ahhh", así que el empujó gentil pero firmemente y la cabeza entro en ella, quien ahogó un suave grito "agggggghhhh".

Pete no podía creer lo que veía, la cara de su mujer gesticulaba de dolor y ella apenas gimió.

"Tienes que sacarlo" rogó Amy, nunca había sentido algo así antes, ni siquiera cuando Pete rompió su himen en su primera noche.

"Él no se movió, le dijo tiernamente, tranquila mi amor, relájate, ya te va a pasar, mejorará en un minuto", le aseguró Don.

Tenía razón. Amy comenzó a relajarse, había comenzado a sentirse mejor; en unos minutos más, incluso llegó a sentirse lo suficientemente bien como para que ella retrocediera lentamente. Cuando ella comenzó a moverse, Don insertó otro par de centímetros. Ella se contrajo instintivamente y un pequeño grito de dolor "ayyyy", el no dijo nada, retrocedió y empujó hacia adelante nuevamente. Repitió esto con toda paciencia y cada vez iba más y más adentro. Ella sentía como la penetraba un poco más hasta que se dio cuenta de que estaba enterrado todo en su coño.

Amy podía sentir su polla tocar su cuello uterino. La llenó por completo y estaba tocando lugares en ella que no sabía que tenía. Él la estaba follando suavemente y ella respondió, cautelosamente al principio, luego, cuando su canal sedoso se estiró y su polla frotó cada nervio, ella empujó más fuerte y más rápido.

Desde su posición, a un metro de la puerta, estaba oscuro, lo que hacía poco probable que lo vieran, Pete no se perdió nada. Una película porno no habría proporcionado una mejor vista. Pete experimentó un deseo abrumador de unirse a ellos, así que abrió su pantalón y comenzó a masturbarse.

Amy y Don estaban en un mundo propio; un mundo donde nada existía nada excepto un coño caliente y apretado lleno a tope por una polla que la estiraba hasta el límite.

"¡Ahhhh! ¡Ummmm! ¡Sí, cariño, sí! ¡Eso es, no pares, dame más, ahiiiiiiii!", acabó de una forma que nunca había experimentado, sus piernas temblaban y ella creyó que se iba a desvanecer, el la sujetó por sus caderas y su verga dura, firmemente enterrada en su panocha evitó que cayera al suelo. Así que continuó bombeando su polla en su estrecha vagina lentamente, hasta que llegó al punto de no retorno.

"¡Ooooh! ¡Sí! ¡Te amo!", Gimió Don mientras bombeaba su semilla profundamente en su vientre y le proporcionaba un nuevo orgasmo.

Ambos colapsaron sobre el fregadero de la cocina donde ella estaba apoyada y él sobre ella.

No se movieron durante los siguientes dos minutos mientras recuperaban el aliento. Luego el salió de ella poco a poco lo que resultó en un gemido de ella, "ohhhhh" y en seguida agregó, "Pete tenía razón, mamá estaba equivocada. No nos dieron sexo solo para hacer bebés; es demasiado bueno limitarlo a eso". Sintió su entrepierna donde el esperma de Don continuaba corriendo por sus muslos. "Me pregunto sobre qué más tenía razón".

Ella se limpió con una toalla y arregló la falda sin colocarse de nuevo las pantaletas, mientras él se cerraba el pantalón.

Pete se había venido en su mano e intentaba limpiarse y cerrar su pantalón.

Él tomó su cara y con un dedo subió su barbilla para que lo viera a los ojos, "Nunca había estado con una mujer que me haya hecho sentir como tú. Amy, sé que estás casada y Pete es un gran amigo, pero no creo que pueda dejar de verte. Imagino cómo te debes sentir, pero estoy por creer que a Pete no le desagradaría esta situación".

Amy preguntó intrigada, "¿por qué lo dices?, ¿él te dijo algo?".

"No directamente, pero sospecho que al verme y compararme consigo mismo, sabe que puede haber algo que falta en tu vida y a pesar de que lo conozco hace poco sé que es un buen hombre que desea lo mejor para ti.

"Lo sé", Amy se lo abrazó, descansando su cabeza sobre su brazo mientras que le pasaba los dedos por la cara y los labios. "No sé qué hacer. Amo a Pete, pero él no puede hacerme sentir como tú, sin embargo no voy a echarlo a un lado, quisiera que esto funcione para los tres".

"Estoy de acuerdo, no necesitamos lastimarlo, pero bebé, he visto a Pete en el vestuario; su pequeña polla nunca te satisfará, y menos ahora que has sentido una verga de verdad".

Amy miró en el reflejo del vidrio del horno y vio a su marido afuera de la casa mirándolos por la ventana. Se controló y le dijo a Don. "No quiero que voltees a ningún lado, pero Pete está fuera de la casa", Don iba a mirar y ella lo tomó por la barbilla, le dio un beso en la boca y le dijo, "te dije que no voltearas", el respondió, "si, disculpa". Ella continuó, "no sé cuánto tiempo lleva allí pero me temo que nos vió todo el tiempo. Si es así creo que juntos podremos resolver esto para que funcione para todos".

"Estoy contigo, ¿cuál es tu idea?".

"Lo voy a hacer entrar", diciendo esto, lo volvió a besar en la boca y se dirigió a la puerta que da de la cocina al patio sin darle tiempo a Pete de esconderse.

"Hola amor, no te quedes ahí, pasa por favor", le dijo a su marido quien estupefacto, no dijo nada sino que obedeció y entró. "¿ya llevaste las llaves a la empresa?" le dijo en tono de burla. Él sólo bajo la mirada, se sentía humillado, por todo lo que había pasado.

Don, quiso hacerle la vida fácil, "tranquilo amigo, estamos en confianza y esto no saldrá de aquí, todos somos amigos".

Ella contraatacó, "si todos somos amigos, pero ¿por qué el engaño, por qué no jugar limpio desde el principio?".

Pete por fin habló, "si, no he debido decir una mentira para espiarlos, pero ustedes tampoco debieron actuar a mis espaldas".

Don le dijo, "amigo, tienes toda la razón, tomemos un trago y hablemos del tema", se sirvieron un trago y se fueron a la sala. Pete se sentó en un sillón mientras Amy y Don en el sofá. Había una clara definición de roles en la sala. Don era el macho Alfa, su hembra a su lado y el cornudo beta en el sillón. Nadie dijo nada al respecto.

Insistió Don, "lo más importante es ¿cómo nos sentimos ante lo que pasó mientras sucedió y ahora? Amy tuvo que reconocer, "bien", Pete bajo la mirada y dijo "bien". Excelente insistió Don "entonces lo que debemos hacer es definir como seguiremos de aquí en adelante".

Todos estaban a la defensiva.

Don comenzó, "amigo, tú y tu mujer saben que ella me vuelve loco desde hace mucho".

Pete se franqueó, "si, y ustedes saben que estoy dispuesto a permitir que suceda lo que sea con tal de lograr que Amy sea feliz, disfrute del sexo y me permita compartir su felicidad con ella".

Amy se quedó pensando un rato y por fin dijo, "bien, todo lo que ha sucedido hasta el momento ha sido placentero para mí, aparte, he aprendido mucho sobre mi sexualidad, y estoy dispuesta a seguir con esto mientras todos nos sintamos bien, no te quiero hacer daño Pete y deseo disfrutar más del sexo con Don y contigo mi amor".

Todas las cartas estaban sobre la mesa, terminaron el trago y ella dijo, vayamos al cuarto. Los dos hombres de su vida la siguieron, ella comenzó a dar órdenes, "ven mi amor, deseo que me desvistas". Pete fue presuroso y desbrochó la blusa, el sujetador y bajó la falda, ella no llevaba pantaletas así que estaba desnuda ante ambos hombres.

Ahora quiero que desvistas a Don, su marido sin decir palabras comenzó a desvestir a su amigo. Cuando hubo terminado el mostraba una erección media entre sus piernas que el matrimonio disfruto cada uno a su manera.

Ahora, después que te desvistas me vas a dar el placer que me diste la otra noche con tu lengua, creo que estoy comenzando a apreciar tu talento.

Pete se desvistió y estaba empalmado. No pudo evitar comparar su pequeño pene con la verga de aquel toro que se había cogido a su mujer un rato antes. Se metió entre sus piernas y comenzó a lamer sus labios vaginales. No podía obviar el hecho de que mucha de su humedad era parte del semen que su amigo había depositado un rato antes allí. Luego se concentró en su clítoris y la hizo acabar en unos minutos. Ella gimió, se vino y le dijo, "ahhhhhhhh, creo que estoy comenzando a disfrutar de tu lengua mi amor, pero ahora lo que necesito es una polla de hombre. Así que siéntate a ver como este macho se folla a tu mujer".

Don se arrodilló entre sus piernas y ya tenía una erección completa y lucía orgulloso su enorme pija. Comenzó a frotar la cabeza de su enorme serpiente en la húmeda panocha de ella, y así estuvo hasta que ella comenzó a gemir y a pedirle, "ven, métemela, necesito sentirla de nuevo dentro de mí".

El embocó la brillante cabeza de su verga en apertura de su vagina arrancándole un gemido a ella, "ahhhhh". Sin meterla él se inclinó hacia adelante y comenzó a chuparle los pezones, los cuales se pusieron en punta de excitación. Ella insistió, "por favor, métemela, la necesito".

Él presionó un poco su polla y siguió chupando sus pezones, ella se desesperó aún más, "MÉTEMELO" gritó desenfrenadamente.

El levantó su cara y la miró a los ojos sonriendo y le dijo "después de todo sólo eres una putita ¿no?".

Ella desesperada clavó sus uñas en su espalda, "si, soy una puta, así que la quiero toda dentro de mí".

El presionó un poco más y metió la cabeza de su pija en ella, "ahhhhhh siiii dámela toda te lo ruego".

Pete no podía creer lo que oía, era su santa mujer, la de los mil tabúes; la que estaba allí rogando por que le clavaran la verga de otro hombre frente a su marido. Estaba demasiado excitado y comenzó a pajearse.

Don subió hasta su boca lo que ocasionó que su verga comenzara a penetrarla y ella comenzó a ronronear como zorra, "ahhhhhhh, mmmmm, siiiii, grrrrr", cada centímetro que la penetraba, ella subía el volumen, hasta que estaba gritando con toda su verga dentro.

El comenzó a bombearla poco a poco y ella chillaba como una gata y rogaba "si así, no pares nunca, que rico, estoy en el cielo". La bombeo por más de 15 minutos durante los cuales se vino 2 veces, luego comenzó a acelerar sus embates y acabo con furia penetrándola hasta su vientre mientras ambos se corrían gesticulando, convulsionándose y gritando cuantas groserías se sabían...

Permanecieron jadeando, él sobre ella por unos 5 minutos hasta que recuperaron el aliento y el rodo a su lado, saliendo de ella y dejando salir parte de la carga de esperma que había depositado muy profundo en su útero.

Amy habló, "ven aquí mi amado esposo, móntate sobre mí y haz que me venga de nuevo". Él presuroso se montó sobre su mujer. Ella apenas sintió la pequeña polla de Pete. "¡Humnn! Una cosa es segura, tu pequeño pene no será de ninguna ayuda". A Pete le dolió el comentario y elevó su lujuria, lo que aunado al hecho de que sentía el semen de su amigo lubricando su pequeña verguita dentro de ella lo llevó al límite. Ella trataba en vano de excitarse pensando en Don, pero casi de inmediato, él no pudo contenerse y se vino en segundos.

Ella aun insatisfecha y deseando más le dijo "creo que tendrás que esforzarte más querido, así que usa tu lengua y haz que tu mujer se venga como es debido", abrió las piernas y le dijo, "anda y dame".

Él se bajó hasta su entrepierna y veía su semen mesclado con el de su amigo saliendo de su mujer, ya había probado el de su amigo, pero esta escena hizo que se abalanzara entre sus piernas y metió su lengua dentro de ella llenando toda su cara de los fluidos de los tres, ella comenzó a gemir "ahhhh, mmmmmmmm, que rico, no pares el subió a su clítoris y la estimulo mientras ella comenzó a gritar, "ayyyyyy que ricoooo, dame más, me vengooooo" se convulsionada como una perra y sentía descargas eléctricas en su espina dorsal. Poco a poco fue bajando la excitación, agarro a su marido por la cabeza y le dijo, "suave mi amor, suave. Tengo que confesarte que también me equivoque contigo, si bien es cierto que tu pequeño pene no sirve para nada, tu lengua me da un placer que nunca imaginé, siempre podrás satisfacerme así de ahora en adelante". Con esto ella estaba sellando su futuro.

"Con tu lengua..., estoy segura de que vas a cambiar nuestras vidas, claro y con la verga de Don".

A Amy le rompió el corazón tratar a su marido así, pero él lo había querido de esa manera, de modo que no dejó que eso la detuviera, ya que sabía que no quería renunciar a ninguno de sus dos hombres, y esa era la única forma en que podía pensar en mantenerlos a ambos.

Luego de que sosegara le dijo, "amor, porque no vas a la cocina y traes tragos para todos, y si haces unos bocadillos mejor".

Pete se paró y se fue resignado a la cocina a buscar algo para atender a su esposa y su amigo.

Ella se volteó hacia Don, lo abrazó y puso la cabeza sobre su pecho, con la mano libre, dibujaba figuritas imaginarias sobre el pezón de él. Luego fue bajando su mano poco a poco hasta que llegó a su polla, la cual aunque estaba flácida, era el doble de gruesa y larga que la de su marido, aunque eso ya lo sabía tenerla así tan cerca, acariciándola, la hizo internalizar este hecho y pensó en voz alta, "¿cómo he podido vivir toda la vida sin algo así?, y lo más importante, nunca podré vivir sin esta verga", levantó la cabeza y comenzó a besar a Don, él la subió sobre si y la besó apasionadamente. Sintió como su miembro reaccionaba a los besos de esta hermosa mujer y ella lo sintió también. "No lo puedo creer, te estás excitando de nuevo?", el con una amplia sonrisa le dijo, "así es, pero ahora quiero que tú seas una buena puta y me atiendas, no quiero tener que hacer ningún esfuerzo".

"No tendrás ni que moverte", ella se bajó y tomó su verga ahora un poco morcillona, y comenzó a jugar con ella la lamió de la base a la punta y luego le chupaba la cabeza, "sabes, nunca le hice esto a ningún hombre, pero siento que has liberado la puta que siempre oprimí dentro de mí, quiero hacer de todo, quiero ser tu hembra, quiero que me poseas y me hagas tuya, enséñame a ser tu perra". Pete entró cuando su esposa decía esta última frase y sostenía la polla semi erecta de Don mientras la besaba con devoción. Casi se le cayeron los tragos y los bocadillos que traía. No se atrevió a interrumpir.

Amy lo vió y le dijo, "¿puedes creer que me encanta hacer esto?" le dijo mientras besaba la pija en sus manos. "Ven, danos algo de beber", él les llevó los tragos, espero que bebieran y volvió a poner los tragos en la mesa, "gracias amor, ahora siéntate y observa a tu mujer".

Volvió toda su atención a la verga de Don, la cual manipulaba, besaba, lamía, se la pasaba por la cara y le decía, "este palo es mi nuevo dueño, mi nuevo amo". La pija en su mano fue engrosándose hasta ponerse muy dura, ella podía apreciar las venas latir y las sentía en su mano, para ella era toda una novedad, sentía su intenso calor y por sobre todo el olor a macho, eso la fascinaba. Se asomó una gota de líquido seminal y se apresuró a tomar con la lengua.

Se incorporó y se montó a horcajadas sobre Don y le dijo, "ahora te voy a coger", guio su verga a su húmeda apertura y se echó para atrás metiendo la punta de su dura verga en ella, "ahhhhhhh que rico se siente", empezó a moverse hacia delante y hacia atrás y en cada movimiento se metía unos centímetros adicionales, hasta que la tuvo toda dentro y se vino estruendosamente, "ayyyyyy diosssss que es esto, como he podido yo vivir sin esto toda mi vida, aggggggrrrrr", bajo la velocidad del movimiento pero no se detuvo, Don estaba respirando más fuerte, así que siguió. Ella se vino por segunda vez y ahora comenzó a acelerar cuando sintió que su polla se tensaba y comenzaba a bombear semen dentro de ella por tercera vez esa noche. Luego colapsó sobre él, jadeando como una perra en celo.

Para el pobre de Pete fue mucho y se corrió en su mano.

Después de que ella se recuperó se acostó a un lado de Don y llamó a su marido, "ven mi vida, tu turno", el bajo la mirada y le dijo, "disculpa es que me vine en mi mano", ella sonrió y le dijo, "ay mi amor pobrecito, esta ha de ser tu suerte de ahora en adelante con mucha frecuencia, pero no te llamo para que me folles, necesito que vengas para que me des con tu hábil lengua y calmes el roce que su enorme verga me produjo, quiero que bajes mis ansias y deseo que me hagas alcanzar esos mini orgasmos que me provoca tu lengua. Ven con mami y lame como un perrito".

Él se metió entre las piernas de su mujer, esta vez le agradó sentir su olor a macho en su coño, la lamió y la chupó tragando el semen de su amigo. Sentía que de esta forma le agradecía que hubiese despertado la lujuria en su mujer, y que su vida sexual estuviera cambiando, para mejor y para siempre.

Extendió su lengua completamente y lamía las paredes de su vagina sedosa. Ella agarró su cabello con ambas manos y tiró de su cabeza hacia su coño. Su lengua encontró su clítoris hinchado moviéndose sobre él y haciendo que cada nervio zumbara.

"Ooooohhhhh. No te detengas", gimió ella, cuando él masajeó su clítoris por todos lados, antes de enrollar su lengua alrededor como si estuviera envolviendo un tubo de lápiz labial. Ella se resistió como si estuviera tratando de deshacerse de él, sin embargo, continuó agarrándolo por sus cabellos. Cuando él curvó su lengua por ambos lados y la usó para follar su clítoris, ella gritó, su cuerpo comenzó a estremecerse por un orgasmo que la dejó sin fuerzas.

Pete no mostró piedad, continuó sus manipulaciones hasta que ella comenzó a responder de nuevo. Esta vez no le tomó tanto tiempo para su segundo clímax.

"Tú ganas, no puedo más". Ella le pasó las manos por el pelo tratando de apartar su rostro de su centro de amor. "Tenías razón, tienes una lengua talentosa y aunque no se puede comparar lo que Don puede hacer con su verga, me haces sentir algo diferente y único, te necesito mi amor".

Después de una ronda de bebidas y un corto tiempo de recuperación, Amy le dijo a su marido, "amor, ¿no te importa quedarte en el cuarto de huéspedes?, quisiera pasar la noche con Don", Pete resignado bajo la mirada y dijo, "no hay problema mi amor". Ella tomó a Don de la mano y se metieron a bañar. Cuando terminaron regresaron y se acostaron a dormir.

Pete se despertó con el sonido de las ollas sonando en la cocina. El sol brillaba a través de las persianas y el olor a tocino llenaba el aire. Don todavía estaba dormido cuando Pete entró en la cocina. Todos los signos de la actividad de la noche anterior habían desaparecido y Amy estaba mostrando una gran sonrisa. Ella se acercó a sus brazos, lo agarró por el cuello y presionó contra su cuerpo tan fuerte como pudo. Pete podía sentir que su polla comenzaba a elevarse.

"Vamos a comer", dijo ella, después de un largo beso apasionado. Estaba a punto de servir a Pete cuando Don entró. Ella lo saludó de la misma manera que había saludado a su marido unos minutos antes y luego llenó tres platos con tocino y huevos. "Comamos primero; luego tenemos mucho de qué hablar".

Después de comer con mucha hambre, ella dijo, "yo hablaré primero. Anoche fue la mejor noche de mi vida. Ambos me hicieron sentir cosas que nunca antes había sentido". Cogió la mano de Pete. "Cariño, no me perdono el hecho de que por tanto tiempo no escuché tus afirmaciones sobre tu lengua mágica. Es todo lo que me decías y más. Nunca quiero perderla".

"Y tú", se volvió hacia Don, "¿Cómo es que todavía una mujer no te ha echado el guante? Anoche me frotaste nervios que no sabía que existían y tampoco quiero perderte". Se levantó y le dio un cálido abrazo y un beso en la boca a cada uno.

Ese fin de semana, sería el primero de muchos...

Hasta que la sometió

Simón conoció a Alejandra en la universidad, fue a amor a primera vista y a los 6 meses de conocerse se mudaron juntos, dos años después ambos habían terminado sus estudios y se casaron hace unos meses. Ale, como todos le dicen a Alejandra tiene 23 años y Simón 25. Viven en Ciudad de México, pero Ale estudió oceanografía y consiguió trabajo en las afueras de Veracruz, en la unidad oceanográfica, que lo más cercano que tenía era un pueblo donde vivían los familiares de la mayoría de los que allí trabajaban. Esto estaba a unas 5 horas en carro de su casa en la Ciudad de México. Simón consiguió un trabajo en el área de ventas en una gran empresa de alimentos en el mismo DF.

Ale estaba encantada con su trabajo, era lo que siempre había soñado, pero el trabajo significaba mudarse de ciudad. Esto también significaba la vida lejos de Simón, que tuvo que quedarse en la ciudad por su trabajo. La relación entre Simón y Ale era muy fuerte; se amaban profundamente y una relación a larga distancia no iba a ser una barrera. Se veían la mayoría de los fines de semana. Debido a que Simón trabajaba 6 días a la semana usualmente Ale viajaba a Ciudad de México ya que su trabajo era sólo de 5 días a la semana.

La relación era muy fuerte y divertida para los dos tortolitos. Apostaban a que el trabajo de Ale sería por solo un año en la ciudad regional y luego pediría un traslado a la capital. Era la relación casi perfecta, lo único que tenía como dificultad era una vida sexual disminuida.

Simón siempre disfrutaba del sexo, pero Ale nunca había experimentado un orgasmo durante el coito. Sólo podía acabar cuando Simón le daba sexo oral, pero no podía llegar mientras follaban. El mayor problema estaba el hecho de que Simón solo tenía una polla que apenas alcanzaba unos 12cm un poco más pequeña que la media, así que se sentía inadecuadamente apto en este campo. Ale se había franqueado un día comentándole que casi no sentía su polla durante el coito. Ella lo amaba y no importaba, pero Simón siempre tenía esto en mente cuando hacían el amor. Ale disfrutaba de tener conversaciones calientes durante el sexo, sin embargo esto le producía a Simón que eyaculara prematuramente lo que lo hacía deprimirse ya que dejaba insatisfecha a su mujer.

Ale es una mujer impresionante, parece una modelo y hubiese podido dedicarse al modelaje si lo hubiese querido. Ella es alta, 1.78m, delgada, 32C de tetas, un culo perfecto y una hermosa cara. Aunque Simón era un tipo atlético y bien parecido, había tenido suerte de conseguir una novia tan sexy. La vida sexual era un poco frustrante pero la vida amorosa era perfecta.

Ale se había mudado al interior del país y amaba su nuevo trabajo. Hizo algunos amigos rápidamente y era una de las tres mujeres en su nuevo lugar de trabajo, el resto, otros diez, eran hombres. De los diez muchachos, cinco eran menores a 30 años y a todos les encantó de manera instantáneamente esta nueva compañera de trabajo. Para Ale era normal causar esa buena impresión y estaba acostumbrada a que los hombres la piropearan y coquetearan abiertamente con ella. Ella disfrutaba de la atención que le prodigaban los hombres e incluso los alentaba. Simón por su parte nunca tuvo ningún problema con eso.

Ella fue asignada a trabajar con otros 2 oceanógrafos, su trabajo era asegurarse de que el ecosistema que le dieron en custodia no presentara cambios significativos relacionados con el cambio climático. Sus compañeros de trabajo eran 2 chicos, Benito, de 28 años, y Jim, de 23 años, este último a diferencia de los otros era un hombre norte americano rubio y muy atlético que provenía del sur de USA. Ambos eran un poco maliciosos, mirones y le decían piropos ocasionales, aunque sabían que ella estaba casada. Por su parte Jim, le tenía muchas ganas a Ale y siempre la acosaba haciéndole comentarios de contenido sexual a ella.

Ale no le decía nada a Simón para no preocuparlo, simplemente ignoraba los avances de Jim. Después de todo, le habían dicho sus otros compañeros que era inofensivo. Por otra parte ella disfrutaba de trabajar con dos hombres, así ella era el centro de atención permanente, lo que le elevaba el ego.

Su rutina era algo así: Ella pasaba al menos 8 horas hábiles al día trabajando con ellos, luego iba a quedarse en su pequeña unidad en la playa por la noche y por supuesto, viajaba de regreso a la ciudad cada fin de semana para estar con Simón.

La relación iba bien y pasados 5 meses desde que llegó a su trabajo nunca tuvieron problemas hasta que un día en que Ale después de terminar su trabajo, decidió finalmente ceder ante la presión de los chicos e ir a tomar con ellos una copa en un bar a orilla del mar.

Jim, Benito y otros dos muchachos compañeros se encontraron con Ale en el bar después del trabajo, alrededor de las 5pm. Ale había ido a su casa y se había cambiado. Hasta ese momento ninguno de los muchachos la había visto sin el uniforme de oceanógrafa que usaba para el trabajo. Ese día se puso una minifalda y un top sin tiras. Cuando llegó, los chicos ya habían tomado unas cervezas. Eran solo ellos cinco, y cuando apareció, los chicos comenzaron a silbar, Ale estaba un poco avergonzada pero le gustaban los cumplidos. Esa noche se veía particularmente muy atractiva. Jim no podía quitarle los ojos de encima. Los otros muchachos sabían que Jim quería algo con ella y prometieron mantenerse fuera de su camino ya que sabían que estaba muy interesado y como era temperamental, no querían confrontarlo.

Ese día los chicos aprovecharon el tiempo para conocer a Ale; le hicieron preguntas sobre su vida, su relación con Simón y le preguntaron por qué estaba lejos de él, por qué él nunca la visitaba y era ella la que siempre volvía a la gran ciudad. Todas las preguntas eran bastante normales, pero hicieron que Ale se sintiera un poco incómoda y se puso a repensar su relación con su esposo. A decir verdad, la vida separados estaba comenzando a afectar la vida amorosa de la pareja, no se sentía del todo satisfecha en su matrimonio, el amor que sentía por su marido, se debilitaba por la distancia, y la insatisfacción en el plano sexual no ayudaba.

Volvió al momento presente cuando Benito dijo: "Una mujer como tú, debe tener una gran polla su disposición". Todos los chicos se rieron y Ale se sonrojó cuando Jim dijo: "O pequeña y es por eso que quiere probarme, ya que tengo una verdadera verga de hombre". Todos los chicos se rieron una vez más y Benito respondió: "Bueno, todos sabemos que es verdad".

Ale se quedó en silencio por un tiempo, pensando en cómo estaban tratando de impresionarla con esta conversación, también se preguntó cómo podrían saber que su vida sexual no era genial. Tampoco entendía por qué suponían que su marido no tenía una gran pija. Sin embargo como los chicos estaban un poco borrachos, ella trató de no hacerle mucho caso a lo que le decían.

Siguieron bebiendo y en un momento dado todos los chicos, excepto de Jim, fueron al mar a nadar. A Ale le gustaba Jim pero no se sentía cómoda con sus avances. Él y ella estaban en la terraza del bar viendo como se bañaban los otros chicos.

Ale se quitó la falda, mostrando un diminuto traje de baño tipo tanga y le preguntó a Jim si quería nadar, él dijo que sí pero que solo tenía ropa interior debajo de los pantalones. Ale le dijo que se eso no importaba y él no lo pensó dos veces para quitarse el pantalón.

Caminaron hasta la orilla del mar donde estaban los chicos bañándose. En su ropa interior, se podía apreciar que Jim estaba muy bien dotado. Ella estaba curiosa por lo tanto que alardeaba de su pene, así que miró discretamente hacia abajo directo a su paquete, pensando que Jim no estaba mirando y no podía creer el tamaño.

Sintió un frío en el estómago tratando de imaginar el tamaño real de aquella polla. Estaba muy abultado y ni siquiera estaba erecto, sin duda que era más grande que el de Simón. Pensó que quizás los penes que veían en las películas porno si existían, a pesar de que su marido siempre le decía que eran trucos de cámara, pero el que tenía en frente era la prueba de que si existían vergas muy grandes. Su primer hombre fue Simón así que no había visto otra pija en vivo y no tenía como comparar.

Mientras miraba a Jim, éste sonrió y dijo: "Puedes mirar más de cerca si quieres, imagino que el de Simón debe ser pequeño, ¿no?". Ella sonrió y asintió, delatando sin querer a su marido.

¿Sabes que pienso?".

"Como voy a saber si no me dices?".

"Te miro después de que regresas de la ciudad y puedo decir con certeza de que puedes amarlo, pero se nota que él no saber cómo follarte bien".

Ale sintió que él conocía la realidad de su matrimonio y tratando de disimular evadió la afirmación que él había hecho: "¿De qué estás hablando? Cállate y vamos a nadar".

Se dirigieron al mar y ya tenían el agua por la cintura, cuando Jim tomó la mano de Ale y le dijo: "Siente mi polla como está por ti".

Ella sintió su verga como un rolo, grueso y alargado. Por un segundo y de manera instintiva lo agarró, sintiendo su grosor y luego apartó la mano.

"Jim, estás borracho, te pasaste", respondió Ale y salió del agua, se vistió, regresó a su auto y se fue a casa. Camino a su casa no podía apartar de su mente la sensación de su abultado pene en su mano. En la cama se sentía muy caliente y comenzó a tocarse con la misma mano que había agarrado la verga de Jim, no podía apartar de su mente el efecto erótico que sintió cuando tuvo su polla en la mano. Humedeció sus dedos en su mojada panocha y comenzó a jugar con tu clítoris. Ahora pensando en la verga de Jim, se vino en un orgasmo muy potente. Quedó jadeando y en su mente no había espacio para otra cosa que no fuese la verga de Jim. ¿Sería verdad qué ella necesitaba sentir una pija así de grande?

Después de recuperar su aliento y un poco de su cordura llamó a Simón, le contó lo que sucedió, obviando que ella se había quedado mirando a su entrepierna y que cuando él puso su mano sobre su verga ella lo había palpado por un segundo, tampoco le contó lo que estaba pasando por su mente respecto a su polla, mucho menos que se masturbó pensando en su enorme pija.

Él se molestó mucho porque ella no tenía por que pasar por esto con un chico del trabajo. Simón también pensó que Jim se estaba pasando de la raya. Sin embargo la curiosidad lo mataba y sentía una extraña curiosidad morbosa.

¿Y de verdad lo tiene muy grande? Preguntó Simón mordiéndose de los celos y sintiendo una presión en su propia pinga.

Ale mintió, "que voy a saber yo, solo se lo que dicen él y sus amigos".

"Pero me dices que puso tu mano en su polla".

"Si, pero, bueno fue un instante".

"Ok pero se sentía grande?".

"Bueno, pienso que sí".

"¿Más grande que el mío?", preguntó ingenuamente Simón.

"Por supuesto que sí", dijo ella sin pensar, implicando que era obvio y natural que otros lo tuvieran más grande que él.

"¿Por qué sería tan obvio?, tengo un pene promedio", mintió a sabiendas que estaba por debajo del promedio. Y esto lo hizo sentir inferior y de nuevo su verga se hinchaba un poco más.

"Bueno ya has visto en las películas que hay pollas muy grandes".

"Vas a creer eso, son trucos de cámara", reafirmó de nuevo.

Ella que la lo había palpado con la mano sabía que eso no era verdad, que al menos él la tenía muy grande, así que para no preocuparlo le dijo, "es verdad amor tienes razón".

Mientras estaba hablando por teléfono, de pronto ella dijo: "mierda, no puede ser".

"¿Qué?" respondió Simón.

"Jim está aquí en mi unidad, tocando a mi puerta; espera en la línea", dijo Ale con voz asustada.

Simón trataba de escuchar pero no pudo oír nada; dos minutos después, Ale volvió a hablar por teléfono. Ella le dijo " Jim acababa de venir a preguntarme si quería acostarme con él". Simón estaba furioso y le preguntó qué le había dicho, Ale le respondió: "Solo le pedí que se fuera. Estoy cansada de decirle cuánto te amo, pero él parece no entender".

Simón se enojó más con toda la situación y le dijo, "bien, me voy a tomar unos días libres para ir a visitarte". Cuando terminó la conversación, tenía una erección imaginando a un tipo que se quería coger a su mujer, solo se pasó la mano un par de veces por la verga y se corrió en seguida.

Simón llegó a lo de Ale y después de un relajante fin de semana, en el cual compartieron solos en pareja y en el que no interactuaron con los amigos de Ale, él regresó a casa.

La siguiente semana en el trabajo, Jim pasó toda la semana diciéndole que lamentaba lo que había hecho y dicho, que estaba borracho, que se comportó como un patán, que lo perdonara, que realmente quería ser su amigo.

Ale era del tipo indulgente y aceptó la disculpa. También le dijo a Jim que Simón se había quedado con ella el fin de semana y que volvería el próximo fin de semana. Jim odiaba a Simón porque sabía que Simón era la razón por la que Ale no quería follar con él. Él deseaba mucho a Ale y siempre pensaba que ella era una coqueta que lo dejaba siempre entendiendo.

Jim secretamente ideó un plan. Quería a Ale y haría cualquier cosa por conseguirla. Ella no tenía idea sobre lo que él pensaba y seguía pensando que él quería ser su amigo. Él le dijo que quería conocer a Simón para disculparse por sus acciones.

Ale llamó a Simón y le contó lo que Jim le había dicho, cómo se disculpó con ella y que quería que todos se reunirían el sábado, y que quería disculparse con él.

Aunque Simón todavía estaba enojado con Jim por lo que intentó hacer, entendía que ella tenía que llevarse bien con los chicos y estuvo de acuerdo.

Llegó el fin de semana y Simón llegó el viernes por la tarde. Él estaba muy emocionado pero Ale había tenido una mala semana y pelearon porque ella no tenía ganas de hacer el amor. Simón estaba un muy enojado, había pasado toda una semana esperando para ver a su mujer y el hecho de que ella no quería estar con él lo había hecho comenzar a pensar que ella podría estar perdiendo el interés en él o peor aún estar sintiendo algo por Jim. Entonces, en lugar de quedarse encasa solos, decidieron salir a tomar algo al bar y allí se encontraron con los colegas de trabajo de Ale.

Eran básicamente los mismos cuatro muchachos que siempre se reunían en el bar. Ale presentó a Benito, Ernesto y Marcelo, quienes trataron de hacer que Simón se sintiera bienvenido. Por último presentó Jim, quien saludó a Simón un poco distante. Todos pidieron bebidas y se tomaron unos tragos juntos, compartieron historias sobre el trabajo y preguntaron cómo Simón y Ale se habían conocido. Jim no hizo ningún esfuerzo por disculparse con Simón, sólo se limitaba a mirar a Ale. Simón se sintió un poco incómodo, pero pensó que lo dejaría pasar. Después de todo, los otros chicos eran muy amables y además amigos de Jim y él acababa de conocerlos.

Después de varias bebidas más, Jim llamó a Simón para hablar fuera del bar. Simón pensó que era para disculparse, pero Jim le dijo directamente y de manera agresiva, "mira, pequeño, puedo decir que tu chica no está recibiendo el placer que se merece y por eso está interesada en mí, aunque lo disimule y diga lo contrario". Esto sacó de sus casillas a Simón, que a pesar de no es del tipo violento, empujó a Jim diciéndole, "aléjate de mi esposa" y regresó dentro del bar. Jim se quedó mirando y riendo. Los otros amigos que habían visto el empujón, le dijeron a Simón que no se preocupara por Jim, que era inofensivo, que solo era un idiota que se ponía fastidioso cuando se emborrachaba. Calmaron a Simón y siguieron charlando.

Al día siguiente se reunieron para hacer la barbacoa según habían planeado.

Habían comido y tomado toda la tarde así que todos estaban entonados por las bebidas. Se sentaron a jugar al póker y compartieron risas. De la nada, Benito dijo: "¡Juguemos al strip poker!" Todos los chicos vitorearon y Ale se echó a reír.

Simón dijo: "No, eso es injusto. Solo hay una mujer".

Ernesto respondió: "Vamos, Ale lleva el doble de ropa que nosotros y puede detenerse cuando solo tanga ropa interior".

Ale dijo: "Sí, ¡hagámoslo!" Los chicos vitorearon de nuevo. Simón miró a Ale y pensó que los estaba vacilando. Sabía que ella llevaba una tanga muy sexy y se puso un poco celoso.

Ale le susurró: "No hay nada de qué preocuparse. Te tengo una sorpresa. El próximo es mi último fin de semana aquí y luego me mudaré contigo a la ciudad. Pedí un traslado y voy a trabajar en las oficinas del DF, ya aceptaron mi solicitud de traslado".

Simón estaba feliz de escuchar eso y sintió una gran sensación de alivio. Se volvió a oponer al juego y le pidió que volvieran a casa para estar solos, ya que Jim se estaba emborrachando de nuevo y comportándose como un imbécil. Ella estuvo de acuerdo y se fueron.

Los muchachos no estaban muy contentos con la forma en que simplemente se fueron.

Los trucos de Jim no habían funcionado esta vez, pero él creía que lo harían. Realmente no le gustaba Simón y todavía creía que Ale estaba coqueteando con él. Los otros muchachos hablaban y decían que era grosero que se fueran así y pensaban que Simón era un poco idiota.

Había pasado un mes desde que Ale había vuelto a vivir con Simón. Estaban disfrutando la vida. El sexo seguía siendo aburrido, pero la vida había vuelto a la normalidad, hasta que un día vieron una película. Un chico apareció desnudo en la pantalla, y tenía una gran polla.

Simón dijo: "Wow, eso es grande. Debe ser falso, todos los chicos de la película son falsos".

Sin siquiera pensar, Ale dijo: "Dudo que sea falso... quiero decir, el de Jim se veía más grande cuando fuimos a nadar...", él se incorporó y la habitación quedó en silencio.

Simón preguntó: "¿Qué quieres decir con que lo has visto? Tú, tú..." Estaba empezando a ponerse rojo.

Ella respondió: "¡No, no! Lo siento. Solo quise decir que cuando fuimos a nadar se le notaba un gran bulto".

"Oh, genial", dijo un Simón enojado.

"No quise hacerte daño", dijo Ale mientras agarraba a Simón y comenzaba a besarlo.

Después de calmarlo, tuvieron relaciones sexuales, pero Simón solo duró un minuto, ya que no podía pensar sacar los comentarios de Jim de su cabeza y de manera extraña eso lo excitaba. Ya era bastante malo que tuviera una oportunidad real con Ale, pero saber que Jim tenía un paquete enorme realmente le hacían sentir inferior. Así que una vez que se corrió, para no dejar insatisfecha a su mujer, bajo hasta la entrepierna de su mujer, donde segundos antes se había corrido y comenzó a satisfacerla con la lengua. Se había vuelto un experto en hacerla acabar mamándole su panocha. Poco le importaba que esta rutina se repetía con frecuencia y que se estaba acostumbrando a disfrutar de su propio semen en ella.

Después de unos días más, Ale recibió una llamada, era Benito quien le dijo, "dejaste un bolso azul aquí", ella supo que era el bolso que su abuela le había regalado y realmente quería recuperarlo, él continuó, "voy con Jim y los chicos a la ciudad y nos quedaremos el fin de semana y te lo llevaremos. Queremos verte y tomar unas copas, ya que nos sentimos mal por como terminaron las cosas cuando te fuiste. Dile a Simón y así compartimos y dejamos todo bien". Por su parte Ale extrañaba a los muchachos y aunque Jim era un imbécil, ella se guardaba buenos momentos compartidos con ellos mientras trabajaron juntos. Ella le dijo a Simón y después de horas de pelea, finalmente acordaron que podrían venir por unas horas y tomar unas copas. Ella le dijo a Benito que se asegurara de que Jim se comportara o se les pediría que se fueran.

Los chicos aparecieron el viernes por la tarde y le dieron el bolso a Ale. Ella había preparado unos tacos para ellos y también tenía bebidas, desde cerveza hasta whisky. Los muchachos comenzaron a beber y Jim fue muy amable con Simón. Todos se llevaban bien y jugaban al póker junto a la piscina.

Entonces Jim dijo: "Juguemos al strip poker".

Una vez más, todos se rieron, excepto Simón. Ale le dijo que se relajara y Simón le dijo a ella que estaba bebiendo demasiado.

Jim dijo: "Ella solo tiene que quitarse hasta la ropa interior".

Estaban retomando la misma situación que habían dejado atrás antes de que ella regresara de Veracruz. La discusión se detuvo y Ale dijo en voz alta y borracha: "Es solo un juego". Simón finalmente cedió, pero estaba un poco enojado.

Habían jugado algunas rondas y Ale se había quedado con solo sus jeans y el sujetador. Los muchachos estaban tratando de no mirar, en cambio, Jim no disimulaba su mirada en absoluto. Benito y Marcelo estaban completamente vestidos, pero Simón y Ernesto, en jeans sin camisa. Jim por su parte había perdido más que nadie y estaba en interiores, disfrutando que Ale y los demás pudiera ver su abultado paquete.

Jim hizo un comentario: "Bueno, apuesto a que Ernesto está asustado porque si pierde Ale podrá ver que sólo tiene una micro polla".

Ernesto dijo: "No me voy a quitar la ropa interior. Mi esposa me mataría. Aparte, es verdad, tengo una pequeña polla, pero y qué, a mi esposa le encanta".

Jim se rio para sí mismo. Conocía a la esposa de Ernesto demasiado bien, y también sabía que la a ella le encantaba su gigantesca pinga. Jim era un descarado y se estaba jodiendo a la mitad de las mujeres del pueblo, incluidas algunas de las esposas de sus llamados 'amigos'.

El juego continuó y de repente, Ale perdió otra mano. ¡Los chicos ya estaban un poco borrachos y todos vitorearon ruidosamente!

"¡Que rico ver tu trasero!" dijo Jim.

Simón estaba enojado, pero todos los muchachos dijeron que iban a jugar hasta el final. ¡Y este era el final, o eso pensaba!.

Ale se quitó los jeans y mostró su sexy y hermoso trasero a los chicos. Jim comenzó a ajustar su polla dentro del interior con entusiasmo. Todos podían ver que a Jim disfrutaba lo que estaba mirando y no hacía ningún esfuerzo por disimularlo.

Simón dijo: "¡Ya es suficiente!"

Ale parecía molesta porque Simón estaba enojado, pero se sentó. Se quedó en silencio y luego Jim interrumpió: "Está bien, les tengo una propuesta".

"No", interrumpió Simón.

"Escucha al tipo", murmuró Ernesto mientras Ale miraba, preguntándose qué estaba a punto de salir de la boca de Jim.

Jim continuó: "Todos ustedes saben que me quiero follar a Ale".

Simón miraba con incredulidad. "Espera a que termine por favor", dijo Jim. "Tengo 5,000 dólares aquí y los estoy poniendo sobre la mesa para ti Simón. Todos nosotros nos desnudaremos y solo nos quedaremos en ropa interior. Tienes tus jeans y ropa interior puestos, también puedes ponerte la camisa y los zapatos. Cuatro piezas de ropa pero nosotros cuatro nos quedaremos con una pieza cada uno. Debes evitar perder toda tu ropa y conseguir que al menos uno de nosotros pierda y se desnude y te daremos los 5,000. Tus probabilidades son grandes".

Ale, sorprendida, dijo: "Guau, 5,000 dólares, pero ¿qué pasa si pierde? ¿Qué pasa si por malísima suerte pierde?"

Jim continuó: "Si él pierde yo voy a cogerte frente a él".

Simón estaba sin palabras, y sintió su polla moverse dentro del pantalón. Ale por su parte parecía sorprendida, pero internamente sentía un frío que le recorría la espina dorsal de imaginarse que ese güero se la fuese a follar y para más, delante de su marido.

"Piénselo, son 5,000 dólares", dijo Jim.

Ale se acercó a Simón y se inclinó para hablarle en su oído, exponiendo su trasero a los chicos, especialmente a Jim que se pasaba la lengua por los labios mientras admiraba su trasero. "Amor, no hay forma de que pierdas. 5,000 dólares es mucho dinero".

Simón mirando a su mujer le dijo: "¡Pero si perdiera, sería muy doloroso para nosotros!". Luego mirando a Jim prosiguió, "¿Qué pasa si pierdo y todavía nos das la mitad del dinero?".

Ale estaba emocionada de que Simón estuviera considerando acceder y le excitaba la posibilidad de tener que entregarse a Jim quien a pesar de ser un poco pasado siempre había pensado que era un hombre bien parecido.

Jim hizo un comentario rápido mirando a Ale. "Mira, él piensa que eres su puta y que 2.500 dólares resarce el hecho de que te entregues a mí".

"No es cierto", dijo Simón.

"Trato", interrumpió Jim.

"Está bien, hagámoslo", dijo Ale, mirando pensativa a Simón.

"No, no lo haremos", dijo Simón.

Benito interrumpió, "demasiado tarde, hiciste una propuesta Simón, y Jim y Ale aceptaron", el resto de los chicos apoyó a Benito, "hiciste una propuesta y ellos estuvieron de acuerdo, ya no puedes echarte para atrás".

"Oh, joder, entonces", respondió Simón enojado, "Acabemos con esto, pero sin trampas".

Pensó que las probabilidades estaban de su lado, pero no sabía que estos muchachos eran muy buenos en el póker y no siempre jugaban limpio. Habían estado manipulando el juego para llevarlo a donde estaban ahora.

Todos se quitaron la ropa dejando solo su ropa interior, Simón podía ver que el paquete de Jim era demasiado grande, comparado con el de los otros, y se sintió aliviado de que todavía tenía su ropa puesta, así Jim no podría hacer un comentario burlándose de él por su pequeño pene, comparándolo con el de él.

Jim de nuevo se agarró el paquete, presumiéndolo a Ale y al resto. Ale no perdía de vista el abultado paquete y sintió que se mojaba un poco.

Así que comenzaron a jugar. Simón perdió 3 manos seguidas y había quedado solo en ropa interior.

Jim hizo un comentario: "Simón me follaré a tu esposa como tú nunca has podido".

Simón se estaba enojando. Ale estaba mirando, pensando en cómo había llegado tan lejos, que en unos momentos podría estar recibiendo la gran verga de Jim frente a Simón.

Entonces Jim dijo: "Tengo otro trato. Un nuevo trato. Si pierdes esta mano, me voy a coger a Ale pero te voy a dar la oportunidad de que te quedes con los 5,000 dólares".

"¿Cómo?" dijo Ale con los ojos iluminados. Era mucho dinero para ellos.

Jim le dijo a Ale, "en caso de que Simón pierda, todos nos quitamos los pantalones y puedes medir nuestras pollas. Si tú esposo lo tienes más grande que al menos uno de nosotros, obtendrán los 5,000 dólares completos".

"¿Y si no?" se quejó Simón.

"Bueno, te quedas con los 2.500 acordados y además obtengo la satisfacción de humillar a tu pequeña polla, ya que sería la más chica, no solo de todos nosotros, sino la más pequeña que haya visto en mi vida". Todos los chicos se rieron y acordaron que sería muy chico si fuera más pequeño que el de Ernesto. Benito agregó, "sería un clítoris no un pene". Y todos rieron de nuevo, incluso Ernesto.

En este momento, Simón se estaba poniendo duro y no sabía por qué, pero el bulto era notable para Ale. Se preguntó si ella alguna vez les había dicho que tenía una polla pequeña. Jim también se estaba poniendo duro e intentaba hacer que su gran bulto fuera más notable. Ale pudo ver el bulto en los interiores de Jim y la ira en los ojos de Simón. Ella por su parte estaba un poco mareada por los tragos y cada vez más excitada con todo este asunto.

Simón dijo en voz alta: "Esto tiene que parar".

"NO. ¡SIENTATE Y CÁLLATE!" ordenó Jim. "Tenemos un trato y vamos a terminar con esto". Simón se sintió amenazado. A Ale le gustó la rudeza y firmeza de Jim. Los otros chicos estuvieron de acuerdo silbando y gesticulando.

"Hicimos un trato", dijo Ale con voz suave, en su mente deseando que su marido perdiera y tener la oportunidad de saber que se sentía con una verga de hombre de verdad.

"Está bien", respondió Simón con voz ronca.

La siguiente mano se jugó y aunque parecía increíble Simón perdió de nuevo. Todos los muchachos se echaron a reír y Jim dijo con gran alivio: "Ven aquí, Ale, y siéntate en mi regazo".

Ale obedeció sin reparar en nada, se acercó y se sentó en las piernas de Jim , sintiendo el gran bulto que sentía en su trasero. Se estaba mojando y no podía creer el tamaño del paquete de Jim en comparación con su marido. Simón estaba furioso, viendo a su esposa sentada en el regazo de otro.

Simón se levantó de un salto y trató de agarrar a Jim y su mujer para separarlos, pero los otros tres muchachos lo empujaron y lo sentaron en la silla de nuevo.

"¡Cálmense!" gritó Jim, mientras le indicaba a Benito que buscara en una bolsa que había traído algunas cuerdas. "Amárrenlo a la silla muchachos", dijo. Los chicos pusieron las cuerdas alrededor de Simón y lo ataron a la silla.

Ale se acercó y dijo: "Lo siento cariño, teníamos un trato. Al menos recibiremos 2,500, o tal vez 5.000. Aparte te prometo que no lo disfrutaré, sólo será pagar la apuesta y ya. Lo prometo".

Simón estaba llorando, pero luego dijo: "¡Bueno, entonces mídenos idiota!".

Jim se rió entre dientes y dijo: "Desearás nunca haber dicho eso. Nadie me llama idiota".

Jim buscó una cinta métrica y dijo: "Está bien, muchachos, bajen la ropa interior de Simón".

Desnudaron a Simón y su pequeña polla estaba erecta como un pequeño dedo. Jim se echó a reír, "Parece que son solo 2,500", todos se rieron tan fuertes como pudieron.

Jim dijo, "ustedes 3 bájense los interiores", ellos obedecieron.

Jim le dijo a Ale, "mídelos a todos, comenzando por tu marido!, ella tomó la cinta. Dijo: "tranquilo mi amor creo que vamos a ganar los 5.000".

Entonces ella midió a Simón. "12cm", dijo ella.

"¡Oh si!" gritó Jim con emoción en su rostro.

Ahora los otros chicos se alinearon. Estaba claro que Marcelo y Benito eran mucho más grandes. Jim aún no se había quitado los pantalones.

"Mide a los chicos", dijo Jim.

Ale estaba emocionada de tener la oportunidad de ver y palpar esta variedad de vergas a su alrededor. Su lujuria iba en aumento y sentía que se mojaba por todo lo que sucedía.

"Está bien" respondió ella. Todos presentaban erecciones por lo excitante de toda esta situación. Ella se tomó su tiempo para agarrar cada una de las pijas frente a ella. Mentalmente comparaba cada una con la de su marido y aprovecho de palparlas mientras la sujetaba para medirlas. "Benito mide 17 cm", luego se acercó a Marcelo, y pensó mientras lo agarraba usando más tiempo del necesario y dándose cuenta que era la verga más grande que había visto y agarrado en su vida y dijo, "18 cm", por último se acercó a Ernesto, su polla era muy similar a la de su esposo y sintió pena por él, y dijo, "mide solo 13 cm".

Todos miraron a Simón y se rieron. "Oh mierda, odiaría ser tú" dijo Ernesto.

"Mide a Jim", dijo Benito.

Jim se bajó los pantalones. Era enorme y todavía flojo. Ale estaba en estado de shock, su mente se debatía entre admiración y deseo. Se acercó a Jim con una amplia sonrisa. Tomó su verga y no podía creer el tamaño que tenía, el cerró sus ojos y le dijo, "eso es mi zorrita, disfruta de lo que será tu verga durante el resto de tu vida". Ella escuchó con lujuria y morbo por las implicaciones que tenía la afirmación, sintió como una corriente eléctrica que recorría cada fibra de su cuerpo. Su verga se había parado en su mano, tibia, dura, venosa, imponente, no encontraba adjetivos para describir lo que era una verdadera verga de un macho. Midió su verga y dijo con una sonrisa en sus labios, "24 centímetros Simón ¿no te parece increíble?, si existen las vergas de las películas". Eso fue como una puñalada en el corazón de su esposo, era la primera vez que lo llamaba Simón y sentía que se alejaba de él.

Jim dijo mientras ella seguía juagando con su enorme polla, "Está bien, muchachos, salgan. Solo nos quedamos nosotros tres aquí".

Los chicos se vistieron y se fueron, todos con aspecto divertido y deseando estar en la posición de Jim o poder quedarse a mirar.

Jim se sentó en el sofá le dijo a Ale "desnúdate para mí, primero el brassier y luego tu tanguita."

Ella bajo los efectos del alcohol y de la lujuria que le provocaba toda la situación, sin pensarlo mucho procedió y descubrió sus senos presumiéndolos. Los tomó con ambas manos y con sus dedos índice y pulgar apretó sus pezones que ya estaban duritos mientras sentía que se mojaba de calentura.

"Que ricas tetas tienes mi amor, y van a ser todas mías", ante este comentario de Jim, Simón se retorcía de dolor y de lujuria en su silla y de manera inesperada se corrió sin poder tocarse.

Jim se burló, "Mira como se corrió el cornudo de tu marido, sin tocarse, y apenas estamos comenzando. Me atrevo a afirmar que es un eyaculador precoz".

Ella divertida, dijo "si, eso le pasa mucho".

"Y apuesto a que te deja insatisfecha".

Ella se divirtió hiriendo un poco a su marido, "si, y siempre me deja sin acabar. Necesito disfrutar de un hombre".

Simón comenzó a gritar, "detente, esto no es justo, llévate todo tu dinero".

Ella sin prestarle atención, metió ambos pulgares en los laterales de la tanga y la bajó hasta el suelo, se acercó a Jim y se las entregó mientras se quedaba frente a él luciendo su delicioso cuerpo.

Él la tomó en sus brazos y la beso en los labios, luego se separó de ella y caminó hacia Simón, le puso el tanga en la boca y colocó cinta adhesiva tapando su boca, de manera que no podía hablar ni gritar.

"Buscó en su bolso y sacó un dispositivo de castidad (cage o jaula para pene), hecho de acero. Solo tengo una llave. Sé que estarás pensando que esto no era parte del trato, pero me llamaste idiota, así que ¡te mantendré encerrado! En tu nueva cajita y yo tendré la llave y seré tu maestro. Sí, tu amo Jim", dijo riéndose mientras le colocaba el dispositivo en su pequeño pene.

Simón intentaba gritar pero no podía decir nada. Jim continuó: "No te preocupes. Tú y ella todavía pueden amarse, pero ella solo estará cogiendo conmigo. No hay necesidad de que la folles si yo la satisfago".

Simón estaba totalmente indefenso, atado y esperando ver cómo se follaría a su amada esposa delante de él.

"Oh Ale, eres tan jodidamente caliente. He querido esto tanto. Ahora ven y siénteme. Pon tu mano en mi polla y cuéntame cómo el inútil de tu maridito y futuro cornudito ha logrado hacer que te corras".

"Bueno, no lo ha hecho, al menos no con su pequeña pija", dijo Ale mientras manipulaba divertida y excitada la voluminosa verga de Jim. Ella podía sentir que se estaba mojando como nunca. Ya no se sentía afectada por el alcohol, sentía que por su sangre corría un torrente de adrenalina que la hacía sentirse en un estado aumentado. Ella dijo: "a él no puedo sentirlo, Jim. ¡Es demasiado pequeño! Por favor, ten cuidado conmigo, la tienes muy grande y yo nunca he tenido otra verga más que la de mi marido".

Simón se veía muy furioso. Jim sonreía de oreja a oreja mientras miraba a Ale de arriba abajo y le decía, "la verdad es que no sé cómo una mujer tan hermosa se pudo casar con un pendejo como él".

Le dio un beso en los labios, que fue correspondido por ella cerrando los ojos y entregándose dócilmente a él.

Tomó su mano y la acostó sobre el sofá que estaba a un lado de la silla donde estaba Simón. Desde allí este podía ver perfectamente a ambos.

Jim luego abrió sus piernas y reveló el coño recién depilado de Ale. Le preguntó, "¿te depilaste para mí?, ¿sabías que esto iba a pasar algún día y deseaste que fuese hoy?, ella estaba como en trance viendo aquella monstruosa verga y no contestó, él comenzó a darle golpes con la punta en el monte de venus y ella comenzó a gemir, "mira como gime tu puta y todavía no le he metido mi verga".

Simón se retorció en la silla por la incomodidad que le producía la erección que se desarrollaba dentro de su jaulita por lo que estaba viendo.

Ella le rogó, "por favor, se gentil, no creo que una polla así quepa dentro de mí".

Se tomó unos 5 minutos de mojar la cabeza en sus labios vaginales y frotarla en su entrada, empujando suave sin meterla, para que Ale se excitara, se mojara y lo deseara más; ella nunca antes había visto y menos sentido una polla así, ella realmente se estaba perdiendo en otro mundo, un mundo nuevo. Su nivel de excitación estaba tan alto como nunca lo había estado.

Finalmente embocó su verga en la vagina apartando los tiernos labios vaginales de Ale y empujó metiendo la cabeza, ella ronroneo como una gatita, él la sacó, y ella rogó "no", él empujo de nuevo y ella gimió "ahhhhhhhh métemela, por favor". El empujó y entro unos pocos centímetros, ella volvió a gemir, ahora más fuerte. El retrocedió sin sacar la cabeza y volvió a empujar, ella gimió aún más fuerte y le dijo, "te lo pido, cógeme, dámelo todo", él empujo de nuevo y ya tenía al menos la mitad dentro de ella, ella comenzó a gemir murmurando, "dámela toda, dámela toda".

Simón no podía creer que esto estaba sucediendo frente a sus ojos y no aguantaba la erección en la pequeña caja de acero.

Jim comenzó a bombearla y ella perdió toda compostura, gesticulaba, gemía y gritaba "métemelo todooooooo", ella había prometido no disfrutarlo, pero se sentía tan rico que se entregó a la lujuria que aquel macho generaba en ella, nunca había sentido nada similar con su marido. Simón estaba bien dándole sexo oral pero Jim era todo un semental.

Ver como su sumiso esposo miraba a su gran enemigo follando a su mujer fue demasiado para ella, ella comenzó a gemir, "Oh, Jim, oh Jim... joder sí, hazme acabar, ohhhh Dios mío, oh Dios mío ¡Dios! Joder sí, por favor no te DETENGAS". El siguiente segundo Ale llegaba al clímax más grande que había tenido en su vida. Ni siquiera estimulándose ella misma podía alcanzar un orgasmo como este. Se vino como nunca lo había hecho, gritando toda clase de vulgaridades.

Jim la besó en los labios y le preguntó: "¿Estás lista para un hombre de verdad?".

Ale dijo: "¿es que hay más?".

"Mi vida no he acabado y no lo haré hasta hacerte venir 3 o 4 veces", dijo el regodeándose de su potencia sexual.

Simón observaba, las lágrimas corrían por su rostro. Cuanto más lloraba, mejor se sentía Jim.

"Ven putita, ponte en cuatro para mí", ella obedeció

Él se colocó detrás de ella y embocó la cabeza en su húmeda panocha, ella de manera instintiva comenzó a retroceder y a tratar de meterse esa riata que le daba tanto placer. "Mira cornudito, mira como tu amada esposa se retuerce y echa para atrás para meterse ella solita mi verga, sabes porqué, porque la desea más que a su vida, porque necesita una verga así dentro de ella y porque de ahora en adelante será sumisa a mi verga y la querrá tener dentro de sí todos los días.

Cuando ella logró meter la cabeza dentro de ella, Jim de un golpe la metió toda, arrancándole un grito de placer a ella," Ahhhhhhhhhhh que rico, bombea mi coño, dame duro".

Simón no podía estar más sorprendido, nunca había oído a su mujer expresarse así mientras hacían el amor.

Esto continuó así durante los siguientes 15 minutos produciéndole múltiples orgasmos. En todo momento Jim miraba a Simón y sintiéndose como el mejor de los machos.

Finalmente la tomó de las caderas y comenzó a bombear más y más fuerte, ambos gesticulaban y gemían, era evidente que iban a llegar a un clímax simultáneo de proporciones épicas, lo que inevitablemente ocurrió unos segundos después. La cara de Ale era un poema, había lujuria, satisfacción, gozo, deseo, se veía más hermosa que nunca.

Estuvieron en esa posición de perrito hasta que él se retiró y acostó en el sofá exhausto, ella se dio vuelta y se recostó en su regazo. Comenzó la limpiar el semen de su verga y huevos con la lengua, su chocho chorreaba semen que se deslizaba fuera de ella hacia sus piernas y nalgas, Simón miraba con una mezcla de celos, lujuria, rabia, amor, tristeza pero con mucha excitación.

Una vez terminado de limpiar a su nuevo macho ella en tono suplicante preguntó, "¿Me volverás a follar?".

"¡SI!", respondió él acariciando su bello rostro.

Simón comenzó a gesticular y a tratar de soltarse. Mira tu marido como que nos quiere decir algo, "ey, ¿prometes no gritar y comportarte como un buen cornudo?" dijo Jim condescendientemente.

Simón asintió con la cabeza, "ok, dejaré que tu mujer te quite la cinta de la boca, pero si no te comportas como un cornudo sumiso, te la vuelvo a poner, ¿estás claro?"

Otra vez el asintió con la cabeza.

Ella se acercó a su marido y le quitó la cinta y sacó la tanga de su boca, se inclinó y lo beso en los labios. Él pudo sentir el olor a semen en su boca.

Luego tan sumiso como pudo dijo, "por favor no la debes follar más. La apuesta está paga, ya te cogiste a mi mujer".

Ella intervino, "¿me dejarás todo el dinero si volvemos a coger?", preguntó ella alegremente.

"¡SI!" dijo él.

"Nos quedaremos todo con el dinero mi amor, ¿no te alegra?"

Simón, resignado apenas asintió con la cabeza.

"¡Siiii!", gritó ella de alegría.

Ella por su cuenta tomó la verga de aquel semental y comenzó a mamar mientras acunaba sus enormes huevos con una mano. Jim comenzó a ponerse duro de nuevo y dijo, "apuesto a que tu esposito no se recupera tan rápido", ella no dijo nada.

El insistió, "oye putita te hice una pregunta ¿tu maridito se recupera tan rápido como yo?, y ella lo miro, saco la cabeza de su verga de la boca y dijo, "no papi, no es tan hombre como tú".

"Oíste mariquita, ni tu mujer te respeta".

Simón estaba furioso, humillado; él no podía creer lo que oía de los labios de su amada esposa.

Cuando él estuvo de nuevo muy duro ella se puso de cuclillas sobre él, guio su pija a su agujero y se fue dejando caer poco a poco, "ahhhhhhhh no lo puedo creer, nunca había sentido algo así. Mi amor, no creo que pueda dejar de disfrutar esto alguna vez".

Comenzó a besarlo mientras el agarraba sus tetas, ella tiró su cabeza hacia atrás y comenzó a cabalgarlo suavemente. No pasó mucho tiempo para que el frenesí se apoderara de ella y lo montara como a un caballo salvaje, metiéndose aquella polla monumental hasta lo más profundo de su ser.

Jim se regocijó una vez más y mirando a Simón le dijo, "mira a tu amada mujer cogerme como una puta, vete acostumbrando a esta visión, porque vamos a follar mucho en el futuro".

Ale no aguantó más y comenzó a vociferar, "me vengo, me vengo de nuevo, me voy a correr en tu vergaaaaaa", decir esto y contorsionarse con movimientos espasmódicos que culminaron con ella besando a su nuevo amante y colapsando sobre él.

Simón ahora estaba en una encrucijada de sentimientos, y se debatía entre el dolor y el gozo por la humillación que se desarrollaba delante de si con la total anuencia de su amada.

Jim miró a Simón: "vete acostumbrando a esto ´penecito´. Creo que me va a encantar ser parte de esta relación donde tú serás el cornudo y yo el macho de tu mujer.

Después de otros cinco minutos, Jim finalmente dejó escapar un gemido fuerte. Sacó su verga, se incorporó, acostó a Ale sobre su espalda y se metió entre sus piernas mientras pajeaba su enorme polla comenzó a lanzar chorros de leche sobre su coño, el estómago y las tetas, incluso un chorro alcanzó a caerle en la cara y el pelo.

Miró a Simón, se incorporó y fue hasta donde estaba amarrado a la silla, lo tomo por el cuello con una mano y le dijo: "Te desataré, pero debes comportarte dócilmente, ¿lo harás?". Simón sintió la fuerza de su mano en su cuello y se sintió sometido por aquel gigante que al menos le llevaba 10 cm de alto y 20 kg de músculo. Sintió un frío que recorrió todo su cuerpo y comenzó a temblar como una hoja seca. Apenas alcanzó a afirmar con la cabeza.

Jim apretó un poco el cuello y le dijo, "no me gusta tener que preguntar dos veces, ¿te vas a comportar como el sumiso que eres?". Simón apenas pudo decir "si".

"Buen chico", le dijo mientas golpeaba su mejilla suavemente.

"Una vez que te desates irás a lamer mi semen de todo su cuerpo. Aparte quiero que sepas que por tu grosería de llamarme idiota te mantendré encerrado durante un mes. Siempre limpiarás a Ale después de que follemos. Con tu lengua podrás hacerla acabar si ella así lo desea, pero no la podrás follar más, al fin y al cabo no le hace falta ya que no puedes hacerla acabar con tu mini pipicito. Si eres bueno, te dejaré liberarte de vez en cuando para que puedas masturbarte".

Simón rogó "¿Por qué? ¿Por qué? ¡Por favor, déjanos!".

"Cállate", le dijo agarrándose su pija y batiéndola enfrente de su cara: "tienes que entender que tu esposa quiere esto ahora, ella necesita esta polla. Su vida y la tuya ha cambiado para siempre, ahora ella sabe lo que es coger con un macho y si quieres conservarla, tendrás que complacer sus deseos y necesidades. Así que esto es lo que tendrá cada vez que ella me lo pida o cuando me dé la gana de visitarlos y venir un fin de semana a pasarlo con ustedes. Es más, estoy seguro de que habrá veces en que tú me vas a pedir que venga, ya que será tu única oportunidad de estar libre de tu cajita".

Mientras yo no esté, van a estar solos para que se amen y le des los mini-orgasmos que le puedas dar con tu lengua.

"Ya sabes que sólo si te portas bien te dejaré sin el dispositivo, podrás mirar como me follo a tu mujer y dejaré que te masturbes. Y recuerda que siempre tendrás que limpiar mi semen en ella, ¿ambos entendieron y están de acuerdo?.

"Sí, entiendo y acepto", dijo Ale con una gran sonrisa.

Simón se quedó quieto, atado y sin palabras, había probado su propio semen de la concha de su mujer, pero esta sería la primera vez que percibiría el sabor de otro. De pronto sintió una curiosidad morbosa de hacer aquello, pero no lo mencionó

Jim lo tomó de nuevo por el cuello y Simón contestó sin titubear, "entiendo y estoy de acuerdo".

Jim se tomó su tiempo para desatar a Simón, riéndose todo el tiempo. Luego lo agarró por un brazo y lo llevó al lado de Ale. "Ahora inclínate y límpiala con tu lengua".

Ella abrió sus piernas y Simón se inclinó y lamió su coño. Para su sorpresa, Ale comenzó a disfrutar de sus lamidas y se lo demostró gimiendo suavemente. Jim, forzando la cabeza de Simón entre sus piernas, dijo: "Haz que se corra, haz que se corra o limpiarás mi polla con tu boca".

Jim, comenzó a aplicar presión a su cara contra el coño de su mujer, fue difícil para Simón respirar y mucho menos evitar tragar su esperma, por el contrario le excito mucho y sentía que su pene no cabía en la cajita. Simón continuó lamiendo a Ale hasta que esta se corrió.

Simón ya le estaba tomando el gusto a toda la situación y le dolía la erección dentro del dispositivo de castidad.

"Ahora termina de limpiarla y cómete todo mi semen", dijo Jim y continuó, "ahora limpia su abdomen, las tetas, la cara y el pelo, déjamela limpiecita".

Simón, con un gusto que no podía disimular, lamió y limpió a su mujer y se tragó el semen de aquel poderoso macho que se había convertido en el primer amante de su mujer. Pensó que sabía mejor que el de él mismo. Ale siguió acostada en el sofá, completamente satisfecha por primera vez en su vida.

Finalmente Jim comenzó a vestirse y le dijo a Simón, "me has demostrado que serás un buen cornudo, he visto como lo has disfrutado, yo lo he disfrutado y ni hablar de tu esposa, es la que más ha gozado de esta experiencia. Me tengo que ir porque esta noche regresamos a Veracruz. Te mereces un premio, toma", y le lanzó la llave de la cajita, te voy dejar libre porque estoy seguro que tu mujer no dejará que metas de nuevo tu verguita en su panocha.

Jim se acercó a Ale, ella se paró, estaba desnuda todavía, él la beso en la boca y le dijo, "el fin de semana que viene, vendré y me quedaré todo el fin de semana contigo". Recogió su mochila y se fue.

Ale fue hacia Simón, lo abrazó y lo besó. "No te preocupes bebé. Lo siento mucho, pero él fue tan bueno. Por favor, no te enojes, nunca me había sentido así y no quiero dejar de sentir esta maravilla de nuevo. Me gusta nuestro acuerdo y espero que lo aceptes... y no es que tengas muchas opciones", dijo Ale irónicamente.

Simón estaba en estado de shock pero sabía que no tenía control sobre lo que había pasado y lo que iba a suceder. Ale había probado el elixir de la felicidad sexual y sería difícil que no quisiera disfrutarlo de nuevo. Él pensó, que por alguna extraña razón él había disfrutado de ver a su mujer coger con otro. Así que resignado le imploró a su mujer, "Pero aún podemos hacer el amor, ¿verdad?" preguntó.

"Bueno, la verdad es que no creo que tenga caso que follemos, sabes que no puedes hacerme acabar y ahora ambos sabemos que el problema eres tú, me parece sensato que tratemos de disfrutar del sexo oral como vía de escape para ambos y yo te puedo pajear cuando quieras.

Simón se sentía avergonzado, inferior y deprimido porque la experiencia había probado que era un perdedor, que no podía dar placer a su mujer. Pero veía una ventana de cosas que podrían disfrutar.

"Ven déjame quitarte eso".

Se bañaron juntos y se besaron, su pequeña pija se endureció recordando los eventos de la tarde, ella lo tomo en su mano y comenzó a pajearlo y le preguntó, "¿qué te ha puesto así?, recordaste algo que te excitó", él estaba a punto de correrse mientras pensaba cuando ella cabalgó a Jim como una puta, sin embargo le dio pena contarle y solo calló y sin más se vino en su mano.

Después se acostaron en los brazos del otro, ambos pensando en el futuro.

Se levantaron tarde ese domingo, él se metió entre sus piernas y la hizo acabar con su lengua, mientras por su parte se corrió con el roce de la sábana sobre su diminuta polla. No podía sacar de su cabeza la enorme verga de Jim.

Cuando se reposaron ella le dijo con ternura, "amor, ahora sosegados quiero que hablemos".

"Si mi amor", respondió el cariñoso.

"Por favor no te ofendas. No es mi intensión herirte. Lo que vivimos ayer, amplió mis horizontes a mundos que no conocía. Quiero transitar esos caminos y quiero que lo hagas a mi lado, te amo mucho para dejarte a un lado, por eso quiero que vivas conmigo todas esas cosas y seamos felices con nuestro amor por el resto de nuestras vidas".

Simón entendió que su oferta era honesta y sincera, sabía que había una amenaza latente de que si no aceptaba podría perderla. Por otra parte la situación para él, si bien comenzó dolorosamente, había terminado con unos niveles de excitación y disfrute que nunca había experimentado. En pocas palabras le proponía que además de su amado esposo, fuese su cornudo consentido. Así que tomo una decisión.

"Mi vida, eres una esposa amorosa. Así que estoy dispuesto a hacer lo que esté a mi alcance para que seas feliz y disfrutes de lo que desees porque te lo mereces.

Ella no podía estar más contenta. Lo beso en los labios mientras pensaba en el siguiente fin de semana...

Vacaciones en Jamaica

Habíamos llegado a Jamaica temprano esa mañana y estaba ansioso por ver la playa. Un amigo en el trabajo me había contado sobre este resort. Según él, era un complejo nudista opcional, donde cada quien podía vestir o no, como mejor le pareciera.

"Dios mío, bien podría ir en topless", dijo mi esposa Lis mientras se miraba en el espejo, luciendo sólo parte baja del bikini.

"Bueno, por eso estamos aquí, ¿no?" me reí.

"Ya veremos, todavía no he decidido que haré", dijo poniéndose una blusa sin nada abajo y amarrándola debajo de sus senos, lo que hacía que estos se vieran más voluminosos y con un escote interesante.

"Lo prometiste", le dije haciéndome el serio. Después de una reunión en casa, cuando todos se fueron le había tomado el pelo a Lis de que durante nuestras vacaciones podía ir en topless y ella había aceptado, pero había tomado unas cervezas para ese momento y no sé si realmente lo había dicho en serio.

"Estaba borracha Edgar, eso no cuenta".

Esta sería una segunda luna de miel para nosotros. No dije nada más mientras nos preparábamos para bajar a la playa.

Al caminar hacia el mar, noté que varios hombres miraban mientras Lis pasaba. Ella mide 1.70m con piernas largas y bien formadas y grandes pechos de copa C. Con apenas 34 años no se podía decir que ya había tenido dos hijos, su figura era exquisita. Su familia es mexicana y tiene unos enormes ojos marrones y su piel es color canela, su largo cabello castaño estaba recogido en una cola de caballo y no pude evitar admirar lo exótica que se veía mi esposa.

Abajo, en la playa, giramos a la izquierda y caminamos un poco y nos encontramos a la primera pareja desnuda. Lis no se dio cuenta hasta que pasamos frente a ellos. Tomando mi mano, ella esperó hasta que pasamos unos pocos metros y ya no pudieran oírnos. "Oh, Dios mío, estaban completamente desnudos, Edgar".

"Oh, sí, ambas personas deberían tener su ropa puesta". La mujer tenía sobrepeso con grandes tetas y el hombre tenía una gran barriga de cervecero. El tipo no tenía mucho en lo relativo a su departamento masculino, pensé, aunque tenía que admitir que yo no era mucho más grande. Fue entonces cuando Lis me sorprendió.

"Sí, no es broma, aparte de lo gordo el tipo tiene un pene muy pequeño", comentó.

¡Ay!, pensé y respondí a la defensiva. "Bueno, yo no soy mucho más grande".

"Sí, pero no pesas 120 kg, lo que hace que el pene se le vea aún más pequeño", comentó mi mujer tratando de compensar el desaire.

Ambos nos reímos. No habíamos llegado muy lejos cuando nos encontramos con un grupo de cuatro personas. Habían dos mujeres blancas y estaban acompañadas por dos hombres negros. Uno de los hombres estaba de espaldas a nosotros y se dio la vuelta cuando nos acercamos. La polla del jamaicano no era circuncisa, era gruesa y tenía unos 20cm aunque estaba flácida. La mía erecta estaba por debajo del promedio, unos 12cm o 13cm.

El hombre no era tímido, "Hola, ¿cómo les va, están interesados en yerba?"

"Uh no, no, gracias". Tartamudeé mientras pasábamos.

"Bueno, el tamaño de la polla no es su problema". Lis soltó una carcajada.

"No, y esas dos chicas no eran viejas ni gordas", dije para no quedarme atrás. Caminamos otra decena de metros y nos instalamos en una choza vacía que tenía dos sillas de extensión. No había nadie alrededor, así que Lis se quitó la blusa.

"Feliz".

"Si." Dije. Me sorprendió mucho que ella hubiera hecho eso.

"Así que te gustaron esas chicas ¿eh?".

"Vamos Lis, no me digas que estás celosa. Además, tú eres la que comenzó con ese comentario sobre la polla del negro que nos habló".

"Bueno, era grande", dijo mi mujer. Me hice el que no oyó y llamé a uno de los meseros del hotel y le pedí una hielera con 8 cervezas.

"Está bien, pero ¿sabrá el cómo usarlo?", le dije, ella me miró con incredulidad y se recostó a tomar sol.

El chico, un moreno de escasos 20años, nos trajo las cervezas y nos dio una a cada uno, tomándose todo su tiempo mientras disimuladamente observaba los pechos de mi mujer.

Luego mi mujer, en tono desdeñoso, dijo: "Edgar con un paquete como ese, seguramente sabe como usarlo". Observé a Lis cerrar los ojos y tomar un largo trago de su cerveza.

Bebimos un par de cervezas más y Lis se quitó la parte de abajo del bikini. Estaba aturdido y muy emocionado y comencé a sentir una incipiente erección. "Vamos a bañarnos", le dije a mi esposa, me quité el short, mostrando orgulloso mi pequeño pene semi erecto y juntos entramos al agua.

Ella me abrazó y besó mientras acariciaba mi polla. Puso sus piernas alrededor de mi cintura y bajó hasta sentir mi polla en su coño.

"Mmmmmm Edgar, yo me encargaré de esto". Dijo ella rozando mi pene que ya estaba duro como una roca. Metió mi pija en su coño con suma facilidad pues estaba llena de sus propios fluidos. En unos momentos ella me tuvo a punto de correrme.

"Me voy a correr Lis, ¡oh mierda!", dije ahogando un suave grito cuando los primeros chorros de esperma salieron de mi pene y entraron en su panocha. Lis se apretó a mí para tratar de extraer cada gota de esperma de mi pene. Mi orgasmo fue súper fuerte y en seguida me puse flácido y salí de ella.

"Wow, realmente viniste rápido esta vez", dijo ella.

No quise preguntar si se había venido porque sabía que ella no lo había hecho y sentía culpa de haberla dejado insatisfecha.

"Ahora vamos a nadar un poco", me dijo y echó a nadar. Nadamos desnudos en el mar por un rato, luego Lis se salió del mar y volvió a la choza, mientras yo seguí nadando.

Supongo que había estado nadando durante unos cinco minutos. Miré hacia mi esposa y me di cuenta de que se había acercado a ella un jamaicano alto y delgado, que era negro como el carbón. El hombre llevaba largas rastas. Me di cuenta de que estaba viendo a mi esposa desnuda. Estaba seguro de que la encontraba atractiva y sin embargo, no estaba celoso, de hecho me excitaba el verlos. Lis me señaló y saludó con la mano cuando el extraño me miró por encima del hombro.

Esperé un poco más antes de salir del agua. Mi desnudez me hizo sentir extrañamente vulnerable mientras caminaba de regreso hacia Lis. Tal vez fue porque el agua fría hacía ver más pequeño mi pene. En cualquier caso, usé la toalla para taparme un poco ante el tipo que mostraba un largo pene colgando entre sus piernas.

"Edgar, este es Jair", dijo Lis presentándonos. Estiré mi brazo y estreché la mano del alto jamaicano. Luego, sin decirme una palabra, él se volvió hacia Lis.

Me recosté en la silla y dejé casualmente tapada mi entrepierna con la toalla.

"Bueno, ya me voy niña, pero estoy seguro de que nos volveremos a ver". Con eso Jair continuó su camino por la playa.

"Y, ¿quién es tu nuevo amigo", le dije bromeando a mi mujer, quien me miró por encima de sus gafas de sol.

"Jair fue agradable, y sólo quería saber si estaba aquí con alguien".

"Cierto, no me vio nadando". Me reí.

"Oh, creo que si te vio, simplemente no pensó que estaba contigo".

"Sí, y eso por qué". Pregunté sarcásticamente.

"Bueno, según él, una chica guapa como yo debería engancharse con un hombre de verdad, un jamaicano, no un tipo blanco con pene pequeño". Dijo Lis con una gran sonrisa.

"¿Hablas en serio?".

"No estoy bromeando, el tipo fue muy simpático pero muy frontal en su comentario. Así que yo le pregunté que si esos comentarios realmente le funcionaban, y el sólo se rió y me dijo que siempre le funcionaba.

"La verdad que el tipo tiene huevos para hacerte un comentario como ese". Respondí sacudiendo mi cabeza. Entonces me di cuenta de que mi polla se estaba poniendo dura mientras hablábamos sobre este tipo y cómo había abordado a Lis.

Bebimos todas las cervezas y volvimos a nuestra habitación, nos duchamos y el recuerdo de la conversación con el negro hizo que me pusiera dura. Mi mujer lo notó y me dijo, "ven aquí, yo me encargaré de esto". Rodando sobre mi ella se inclinó y comenzó a chuparme la polla. En unos momentos ella me tuvo a punto de correrme.

"Me voy a correr Lis, ¡oh mierda!" Grité cuando los primeros chorros de esperma salieron de mi pene y entraron en la boca de mi bella esposa. Ella usó su pulgar e índice para apretar y extraer cada gota de esperma de mi pene. A Lis le encanta chuparme la polla y tragarse el semen. Mi orgasmo fue súper fuerte así que cerré los ojos mientras recuperaba el aliento. Luego sin previo aviso ella me besó, podía sentir su boca aun oliendo a semen. Abrí mis ojos como si no esperara eso, sentía el sabor de mi propio semen.

"No actúes como si no te gustara".

"No me gusta", traté de disimular.

"Bien, entonces ¿por qué me dejas besarte cada vez que te chupo y te vienes en mi boca?, sé que te gusta Edgar". Ella tenía razón pero me costaba dejarle saber que me gustaba.

Tomamos una siesta, y luego nos vestimos para salir. Observé a Lis ponerse un pequeño tanga negro, su cuerpo dorado por el sol. Sus gruesos pezones oscuros se oscurecieron un poco más por el sol. Se puso una camiseta blanca sin mangas sin nada debajo. La parte superior se abría en un hermoso escote que mostraba mucho de sus voluminosos pechos, lo mismo sucedía a los lados de la blusa, se abría por debajo de sus axilas, dejando ver los laterales de sus senos cuando levantaba un brazo. Esto era algo que Lis nunca hubiera usado en público, especialmente sin sujetador.

"Wow, ¿dónde está Lis y qué has hecho con ella?".

"Jaja, después de desnudarme en la playa siento que soy una monja vestida así. Así que ahora ¿quieres que me cambie?".

"¡No! así está perfecto". Exclamé observando el contorno de sus pezones. Lis se puso unos tacones, se inclinó y me dio un besito.

"¿Puedo usar mis zapatos esta noche?" Lis se alzó sobre mí con los tacones puestos".

"Absolutamente".

"Edgar no te acostumbres a esta tipa, cuando volvamos a Colombia, la señora recatada y mojigata regresará a casa".

"¡De acuerdo!" Me reí. "Pero estaremos aquí por dos semanas, así que aprovecharé de disfrutar de doña zorra". Dije sonriéndole.

Durante la cena, nuestro camarero casi se cayó mirando los pechos de Lis, al igual que el chico del agua y el del pan. También me di cuenta de que Lis se estaba divirtiendo. Ella nunca se habría vestido así en Bogotá y podría decir que le encantó la atención. Después de la cena, decidimos ir a un club nocturno. Le pregunté a nuestro camarero por un buen club y él nos dijo que probáramos un lugar llamado ´El Toro´. Me gustó el nombre, así que nos fuimos.

El club era bastante grande con una multitud mixta de turistas y lugareños. Dejé a Lis en el bar tomando algo mientras iba al baño y cuando regresé la encontré hablando con un chico rubio que parecía tener unos 30 y tantos años, similar a la edad de ella, yo soy 10 años mayor.

Lis nos presentó y de inmediato él me preguntó cortésmente, "Le importa si bailamos".

"Depende de la señora", le dije. Ella de inmediato le dijo, "será un placer".

Le indiqué, "voy a buscar una mesa donde sentarnos". Miré a mi esposa mientras caminaba hacia la pista de baile, sus piernas estaban doradas por el sol y no pude evitar maravillarme de lo bien que se veía su trasero.

Encontré una mesa, me senté y vi a mi esposa bailar con el tipo rubio. Alrededor de la mitad de la canción vi a un hombre alto y negro vestido de blanco que se acercaba a ellos, se metió entre ella y el tipo rubio interrumpiendo su baile, el tipo negro tomó la mano de mi mujer y se alejó un poco de ella, la miró de arriba a abajo, como si estuviera evaluando la forma en que se veía. Él la hizo girar y le dijo algo al oído y ella sonrió. Luego, sin perder el tiempo, comenzó a bailar con ella. El tipo rubio sacudió la cabeza con incredulidad y se alejó.

El chico negro estaba impecablemente vestido, camisa blanca, pantalones de lino holgados con sus largas rastas recogidas en una cola de caballo. Soy tan alto como Lis mido 1.70m, así que con sus tacones de 10cm lucía mucho más alta que yo. Al verlos bailar, estaba claro que el chico medía al menos 1.90m.

Bailaron un par de canciones rápidas, luego una lenta. Al principio, Lis parecía mantener su distancia, pero el chico era un muy buen bailarín. Parecían flotar por el suelo. Al final de la canción me di cuenta de que estaba abrazando a Lis por la cintura y ella con sus brazos sobre sus hombros, alrededor del cuello. Me preguntaba si estaba frotando su polla contra ella y se sentía excitado.

Él galantemente la trajo a mi mesa, de la mano y la sentó a mi lado.

Alcancé a decir, "hola, ¿cómo estás?".

Él sin dirigirme la mirada le dijo a mi esposa, "fue un placer" y se fue.

Le pregunte a mi mujer, "¿ese tipo negro interrumpió al tipo rubio, así de la nada?".

"Sí, ¿puedes creerlo? Eso nunca me había pasado en toda mi vida".

No pude evitar notar cuán prominentemente se veían sus pezones a través del delgado material de su blusa. Lis estaba emocionada con este hombre negro.

"Diría que estos tipos tienen buenos cojones para hacer y decir lo que les da la gana".

"Esa es la segunda vez que dices eso sobre él". Lis respondió mientras tomaba un gran trago de su bebida.

"¿Qué quieres decir con eso?".

"Ese es Jair, el chico de la playa".

"Oh, realmente no lo reconocí. Quiero decir que se ve tan diferente vestido así".

"Lo sé, yo al principio tampoco estaba segura".

"Es un buen bailarín". Dije.

"Sí, eso fue divertido".

Lis terminó su bebida y fui al bar por otra ronda. Cuando volví a la mesa, no estaba, la busqué en la pista de baile y la vi bailando con Jair. Normalmente esto no es gran cosa, ella sabe que no bailo y a ella le encanta, así que no es inusual que baile con otros chicos. Sin embargo, este negro era diferente, había dejado claro en la playa, al menos para ella, que le gustaba. Aunque yo no estaba preocupado, también podía decir que a mi mujer le gustaba su agresividad.

Bailaron un par de canciones y luego otro número lento. Esta vez, mientras bailaban, él puso un brazo sobre su hombro y con el otro la envolvió alrededor de su espalda, dejando a Lis sin ningún recurso que poner ambos brazos alrededor de su cintura... Tuve que admitir que era muy sensual, verlo sosteniendo a mi amada esposa así. Ahora, mientras bailaban, era fácil de ver su muslo presionando entre sus piernas.

Después de que terminó el baile, él la llevó de la mano a la barra. Lis miró hacia mí y me indicó con la mano que esperara un momento. En el bar vi a Jair hablando con el cantinero y señalándome. Unos minutos más tarde, la camarera me trajo un trago. Cuando volví a mirar el bar, él sonrió, levantó su propio trago en un brindis, por cortesía levanté el trago que me trajeron. Luego él se volvió hacia Lis y ambos brindaron y bebieron.

Mi mujer volvió a la mesa unos minutos más tarde. No estaba molesto, pero entre los últimos bailes y el bar, había pasado los últimos veinte minutos hablando con ese tipo. Iba a mencionar algo, pero Lis se deslizó a mi lado y me besó con fuerza.

"¿Qué fue este arranque?", pregunté.

"Por dejarme divertirme tanto, amo esta isla. Nunca me había sentido tan liberada. Realmente te amo, lo sabes". Me di cuenta de que ella estaba sintiendo el licor y yo también.

Terminamos nuestras bebidas e iba a sugerir que nos fuéramos cuando Jair se acercó. De pie justo en frente de nuestra mesa, mis ojos estaban a la altura de su paquete. No quería mirar, pero no pude evitar ver el contorno de una polla increíblemente grande que se mostraba a través de los delgados pantalones de lino blanco.

Él extendió la mano y ella le dio la suya mientras la ayudaba a levantarse de la silla.

"Cariño, pídeme otra bebida, por favor". Vi como Jair conducía a Lis de vuelta a la pista de baile. La primera canción fue rápida, y él giró a mi esposa y la tomó de la cintura para que su trasero estuviera contra su entrepierna. Esperé a que ella se alejara pero, por el contrario, pude ver que ella estaba moviendo su trasero sobre su polla. La pista de baile estaba muy llena. A medida que la canción sonaba, podía ver a mi esposa cada vez bailando más apretada a él. Jair luego la rodeó con sus brazos por debajo de sus senos y se inclinó y le dijo algo al oído que la hizo sonreír.

Podía ver claramente a la caliente pareja que formaban mi esposa y él entre los otros bailarines. En un momento pude ver que Lis había inclinado la cabeza dándole a él mejor acceso a su cuello. Él le besó el cuello y ella se contorsionó. Su nuca es muy sensible y le erizó toda la piel. Podía ver como él se estaba empezando a tomarse libertades con Lis. Ella estaba tomada y comenzaba a ceder a sus avances. Confío en mi esposa, pero claramente podía ver que él se estaba seduciendo a mi mujer frente a mis ojos y eso inexplicablemente hizo que mi pija se endureciera.

Estaba a punto de pararme y acercarme a ellos cuando terminó la canción. Ellos hablaron brevemente y pude verla gentilmente alejarlo todo el tiempo mientras asentía con la cabeza.

Mientras él la traía cortésmente a la mesa, Lis parecía mareada. La dejó, la besó en la mejilla y se fue.

"Creo que he bebido demasiado. Llévame al hotel bebé". Ella arrastraba las palabras.

Cuando volvimos a la habitación, ayudé a Lis a desvestirse y a meterse en la cama. Me desnudé y me acurruqué detrás de ella. Deslizando mi polla entre sus nalgas, la empujé sin resistencia. El coño de Lis estaba muy húmedo y sus flujos habían mojado sus piernas y sus nalgas. La imagen de su baile restregándose con Jair llenó mis pensamientos mientras bombeaba mi pene sin llegar a penetrarla y me corrí casi de inmediato llenando de semen sus piernas y su trasero.

"Oye, lo siento, acabé muy rápido". Me disculpé, luego me di cuenta de que estaba dormida. Me quedé allí mirando al techo, preguntándome cuánto estaba dispuesto a ver cambiar a mi esposa. Aún más, por qué tenía sentimientos mixtos acerca de ver a un hombre enamorar a mi mujer.

A la mañana siguiente, después del desayuno y un par de Bloody Marys fuertes, volvimos a nuestro lugar en la playa. Nos desnudamos y pedimos cervezas y nos acomodamos. Realmente no habíamos discutido los eventos en el club. Estaba pensando en dejarlo así, pero Lis lo mencionó.

"Dios, me divertí anoche, me siento horrible en este momento, pero fue divertido. Nunca he actuado así en mi vida, no puedo creer que me dejes hacer eso. Eres increíble, la mayoría de los esposos se habrían puesto muy celosos. Soy tan afortunada de tenerte", dijo Lis mientras deslizaba su mano y agarró mi pene.

Mi polla ya estaba dura.

"Vamos a bañarnos". Me dijo mientras caminaba hacia el mar. La seguí tratando de disimular mi erección. La abracé por detrás, como lo había hecho Jair la noche anterior y puse mi mano entre sus piernas. Empujando mi verga entre sus nalgas. Deslicé mi dedo medio en su raja. Me sorprendió encontrarla súper mojada.

"Wow, mujer estás muy mojada, tan mojada como anoche. Voy a tener que hacer algo al respecto. Pero primero responde esta pregunta. ¿Si no estuvieras casada y conocieras a Jair, lo follarías?".

"¿Qué?".

"Vamos, contéstame. ¿Anoche lo hubieras follado?".

"¿Por qué preguntas, estás celoso?".

"No al contrario", le dije, siente lo duro que estoy.

"No estoy segura de lo que eso significa Edgar, pero me desperté muy caliente. Te quiero mucho". Lis inclinó su cabeza dándome acceso a su cuello, tal y como lo hizo con Jair, la besé como él lo había hecho y me pregunté si ella lo estaba reviviendo en su mente ese momento mientras yo lo hacía.

Con mi pequeño pene, no podía follarla en esta posición, así que le dije "date vuela", ella me dijo, "no, cógeme así", no sé si lo hizo a propósito, pero me obligó a humillarme, ya que ella sabía que nunca habíamos podido coger en esta posición, ni siquiera en una cama, "sabes que con mi pequeño pene no puedo penetrarte en esta posición", igual me excitaba ponerme vulnerable a sus comentarios.

"Es verdad ven aquí mi pito chico, se volteó y nos abrazamos como el día anterior, con sus piernas abrazadas a mi cintura.

Ella guio mi pene hacia su hendidura. Sumergiendo en ella hasta mis bolas comencé a follar a mi esposa.

"Edgar quiero que me folles duro, que me hagas acabar y te corras en mí". Lis nunca es verbal. Sentí que estaba con una extraña y me emocioné muchísimo. Empecé a bombear más fuerte y más rápido. Sentí sus manos apretar mi trasero. De repente sentí que mi polla explotaba disparando mi esperma dentro de su mojado coño. Ella apretó sus piernas alrededor de mí haciendo un esfuerzo y acabó diciéndome "ahhh me hacía falta un orgasmo", me alegré de que se corriera por primera vez en nuestras vacaciones y le pregunté, "¿acabaste?", ella me dijo, "un clímax pequeñito pero muy rico". Unos momentos después sentí mi polla salir de su raja pero seguí abrazándola y besando su cuello.

"Volviendo a lo que me decías. Cuando te pregunté si estabas celoso. Me dijiste, ´no al contrario´, ¿eso significa que te gustó que él coqueteara conmigo?". Preguntó Lis mientras le seguía besando el cuello.

Levanté mi cara y sonreí cariñosamente, la besé en los labios mientras apretaba en mis brazos.

"Vamos, a tomar un poco de sol", le dije esperando que hubiese respondido su pregunta con mis acciones.

Abrimos unas cervezas y tomamos mientras nos asoleamos en silencio.

Después de un rato le dije "me voy a dar un chapuzón al mar", ella me dijo, "me quedaré tomando sol".

Me levanté y fui a nadar. Había estado nadando durante unos minutos cuando vi a otra pareja dejar sus cosas en la choza contigua, a unos 5 metros de donde estaba sentada Lis. Incluso desde afuera en el agua pude ver que el chico negro era bastante alto, porque se alzaba sobre una rubia muy bronceada. Mientras volvía a la orilla, los vi a los dos quitarse la ropa. Llegué hasta donde estaba Lis y ellos caminaron de la mano hacia nosotros.

"Buenas tardes". El hombre negro saludó. La rubia se veía espectacular. El tipo era delgado pero bien formado, con piernas poderosas. Ambos estaban desnudos, la rubia tenía grandes y hermosas tetas además de una buena figura. Sus pezones eran grandes y casi del mismo color que su piel. Me sorprendí mirándola.

"Hola", tartamudeé, luego miré la polla del hombre y me pregunté ¿es qué todos los hombres tienen vergas grandes en esta isla?.

"Soy Troy y esta es Marce".

"Edgar, y ella es mi esposa Lis un placer".

"Encantado de conocerlos", dijo mientras extendía su mano. "Edgar, noté que tienes una hielera, te cambiaré un poco de yerba por un par de cervezas". "Marce, prende un porro". La rubia asintió con la cabeza.

Las gafas de sol oscuras de Lis hacían imposible saber si estaba mirando a Troy, pero estaba seguro de que sí. De repente sentí un placer perverso en lo que sucedía a medida que se desarrollaba.

Marce se sentó junto a Lis y encendió el porro. Dando una larga bocanada, se lo entregó a Lis, quien no dudó en fumarla. Lis y yo habíamos fumado antes de que nacieran los niños, pero de eso hacían unos cinco años. Les pasé cervezas frías a todos y comenzamos a conversar.

Marce nos dijo que iba a estar en Jamaica durante una semana más. Luego, ella nos asombró cuando nos dijo que estaba casada y que su esposo estaba jugando al golf. Lis me dio una mirada. Había pasado aproximadamente una hora y Lis y yo estábamos bastante elevados.

Marce y Troy hicieron poco para ocultar sus sentimientos el uno por el otro. Se besaban constantemente y en un momento Marce alcanzó entre las piernas de Troy y comenzó a tirar de su gran polla.

"Chica, ahora no, no delante de estas personas". Reprendió Troy y buscando una salida dijo, vamos a bañarnos. Todos corrimos al agua.

Ya dentro del mar, Marce preguntó mientras sonreía "Lis, ¿no te importa?", mientras jugaba con la polla en expansión de Troy.

"Por mí no hay problema" Lis se rió, claramente bajo los efectos de la cerveza y la yerba.

Tomé a Lis en mis brazos y le di un beso largo y profundo. Lis estiró la mano y comenzó a jugar con mi polla, que estaba semidura.

"Veo que no soy la única excitada por esos dos". Me dijo Lis mientras acariciaba mi pene.

"Mira, la está follando ahora mismo". Marce estaba abrazada al negro igual como nosotros habíamos hecho. Troy después de besarla la volteó y Marce quedó de espaldas a él, quien la abrazó y posó sus manos en sus grandes tetas mientras besaba su cuello.

Desde donde estábamos, podíamos ver como maniobraban para meterle la polla desde atrás, hasta que finalmente la pudo penetrar y comenzó a deslizarse dentro y fuera de su coño.

Lis parecía hipnotizada por la vista y con envidia me dijo, "viste, como él si la pudo coger desde atrás", sentí que era una queja de que nosotros no podíamos, así que traté de excusarme, "para el parece muy fácil y con una polla de ese tamaño no me extraña", el comentario no hacía nada por mejorar mi imagen, de pito chico.

"Él marido de ella tiene que saber, quiero decir, ¿cómo no podría saber que ella se iba a acostar con ese tipo? Probablemente lo hace con su consentimiento", dijo Lis mientras acariciaba mi polla.

"¿Qué quieres decir con eso?".

"Edgar, piénsalo. ¿Qué crees que pasaría si me enviaras a una playa nudista con un negro dotado así?" Mi pene se puso aún más duro cuando imaginé que era Lis follando a Troy en el mar.

"¿Que insinúas que te lo cogerías así como ella se lo está follando?, la yerba me hacía pensar en voz alta.

"Supongo que sí, creo que sería difícil evitar que me cogiera, quiero decir, cómo podría una mujer evitar desear una verga de ese tamaño, no puedes negar que el tipo está dotado como un caballo", dijo con admiración. Su sinceridad me hacía pensar que ella estaba igualmente afectada por lo que habíamos fumado y bebido.

"Por lo que he visto, todos son así por aquí, Dios mira su cara, la está jodiendo bien", susurró Lis. Parecía que ella se estaba corriendo por como cerraba sus ojos y gemía.

De repente pensando en la noche anterior le pregunté a Lis sobre Jair, ansioso por saber cómo me respondería ante una pregunta tan evidente. "Realmente ¿Jair está tan bien dotado como Troy?". Sentí mi pene expandirse mientras ambos seguíamos mirando a Troy y Marce.

"Bueno, por lo que sentí a través de su ropa es grande, muy grande". Mi polla comenzó a disparar esperma al agua. La idea de que Jair frotara su gran polla contra Lis la noche anterior fue demasiado para mí.

"Wow, eso fue rápido Edgar, siempre me dejas plantada", se quejó.

"Lo sé, supongo que me excité demasiado viendo a esos dos mientras lo hacían".

Ella no estaba muy convencida con mi respuesta y me preguntó, "¿no será por como Jair frotó su enorme verga en mi culo?", preguntó con una mirada burlona.

Lis soltó mi flácido pene y nadó hacia la playa, la seguí y regresamos a nuestras sillas. Troy y Marce salieron del agua unos minutos más tarde, comenzaron a recoger sus cosas y nos invitaron a un club esa noche. Resultó que

Troy era un guitarrista en una banda del club. Lis preguntó, ¿cuál club?" ella nos dijo "El Toro".

Lis les dijo, "sabemos cual es, nos vemos allí".

Después de regresar al hotel, Lis y yo nos duchamos y decidimos hacer algunas compras en la ciudad. Revisamos muchas tiendas diferentes antes de parar en una pequeña boutique. Lis estaba mirando un vestido mientras saqué uno de color salmón del estante.

"¿Qué tal este?", le dije. Quitándomelo de la mano, Lis la sostuvo en la percha y lo miró.

"Agradable", dijo ella mientras apreciaba el vestido.

"Pruébatelo", la insté. Unos minutos más tarde, salió del vestidor.

"No estoy segura de que este top permanezca en su sitio". No podía quitarle los ojos de encima. Bronceada como estaba, el color salmón claro acentuaba su piel. El vestido era sin espalda y por el frente tenía un escote de pico profundo que acentuaba sus hermosos senos. Los oscuros pezones de Lis se exhibían prominentemente a través del delgado material del vestido. El vestido caía hasta la mitad del muslo, mostrando sus largas piernas.

"Wow, está vendido", dije con emoción.

"Nunca podré usar esto en casa, de hecho, esto es demasiado". Dijo Lis, mientras se miraba en el espejo.

"Cómpralo, ¿qué importa si no lo puedes usar en casa? Lo usas aquí y ya, me encanta".

"Estás loco Edgar, está bien".

Después de nuestro viaje de compras, volvimos a la habitación y pedimos una botella de champagne. Bebimos la botella y nos quedamos en la cama hasta que era hora de ir a cenar. A decir verdad, estaba exhausto y me hubiera encantado quedarme en la habitación, pero Lis estaba realmente emocionada por salir y exhibir su traje nuevo.

Esa noche, cuando entramos en El Toro, me sentí como el tipo más afortunado del lugar, tenía la mujer más hermosa en mi brazo.

La banda estaba tocando cuando llegamos allí y vimos a Troy en el escenario. Luego localizamos a Marce, que estaba sentada con un hombre blanco que resultó ser su esposo Rubén. Nos unimos a ellos en su mesa y pedimos bebidas. Rubén y yo comenzamos a hablar y me sorprendió descubrir que como nosotros, eran colombianos y vivían en Bogotá. Lis y Marce estaban charlando, cuando sentí una enorme presencia detrás de mí. Vi una mano negra que se extendía y tocaba el hombro de mi esposa. Lis se volvió y le dio a su admirador una gran sonrisa. Era Jair el tipo de la noche anterior.

"¿Bailamos?" Sin contestar, Lis asintió con la cabeza, tomó un trago de su bebida y se levantó.

"Chica, te ves fantástica, ¿te pusiste ese vestido para mí?" Escuché a Jair preguntar mientras se llevaba a mi esposa.

"Tal vez", le dijo Lis sugestivamente con una amplia sonrisa, mientras caminaban hacia la pista de baile. Era un número lento y Jair bailaba muy cerca con las manos sobre su cintura. De vez en cuando se inclinaba y le decía algo al oído de y ella lo miraba sonreía.

"Tu esposa es alta", dijo Rubén desviando mi atención de la pareja de baile.

"Sí, alrededor de 1.70m", respondí volviendo a mirar.

"¿Es hispana?".

"Sí mexicana".

"Ella es una mujer muy atractiva, ¿ya conocía a Jair?".

"Gracias y sí, lo conocimos en la playa ayer y anoche aquí".

"Eso pensé, bailan bien juntos".

"Si".

"Creo que debes admitir que forman una pareja muy llamativa. No hay nada como ver a una hermosa mujer divirtiéndose" dijo Rubén sonriendo.

"¿Qué?", le pregunté un tanto inseguro a dónde iba esta conversación.

"Ambos son altos, atractivos y el contraste entre ellos, bueno, se ven bastante bien juntos, ¿no lo crees?. Veo que tenemos bastante en común. Muchos hombres se pondrían muy celosos viendo a su bella esposa en los brazos de un imponente hombre negro. Estoy en lo cierto, ¿no? No estás celoso, ¿verdad?".

"Sí. Quiero decir que no, no estoy celoso. Se ven muy bien", tartamudeé cuando Jair le dio la vuelta a Lis para que ella pudiera frotar su trasero contra su paquete. Cuando la canción terminó Jair se inclinó y le dijo algo a Lis al oído. Comenzó otro baile lento, la volteó y la puso de frente a él, la abrazó y la acercó más. Ella posó su cabeza en su hombro. De vez en cuando él le decía algo, ella le sonreía y luego volvía la cabeza a su hombro.

"Ellos lucen como si fueran una pareja, como si estuvieran hechos el uno para el otro", dijo Rubén. Observé a Lis caminar con Jair de su mano. Estuve de acuerdo en silencio con él y sentía que mi pene estaba increíblemente rígido.

Ambos volvieron a la mesa y Jair me habló. "Hola tío, ¿te importa si salimos por un momento y fumamos un poco de yerba?". Me sorprendió la pregunta y más aún la reacción de Lis, en lugar de una negativa directa, ella me miró a mí dejándome la decisión. Estaba a punto de responder cuando Troy se acercó.

"Marce, tomémonos un descanso, vamos a fumar". Marce se levantó de la mesa y tomó la mano de Troy.

"Hola Jair, ¿vas a salir a fumar?", preguntó Troy. Evidentemente se conocían.

"Sí mi hermano, vamos", dijo Jair dijo mientras se daba vuelta y caminaba afuera con Lis de la mano. Lo siguiente que supe fue que estaba sentado solo en la mesa con Rubén. Él actuó como si no fuera gran cosa y comenzó a contarme cómo él y Marce estaban pensando en comprar un lugar en Jamaica. Con el paso del tiempo, me resultaba extremadamente difícil concentrarme. Me preguntaba si Jair se había llevado a Lis a otro sitio. Como si leyera mi mente, Rubén habló. "No te preocupes Edgar, esos muchachos cuidarán bien a las chicas. Jair es uno de los dueños del club y tiene una casa al frente del mar muy cerca de aquí. Muy agradable de verdad. Dime que es tu primera vez en Jamaica".

"Si." Dije mientras tomaba mi bebida, estaba contando los minutos. Rubén hizo una señal para otra ronda de bebidas. El camarero reapareció rápidamente con un par de tragos.

"Marce y yo hemos estado viniendo aquí durante tres años, nos encanta el lugar, aquí puedes dejar todas tus inhibiciones", dijo mientras tomábamos nuestros tragos. Rubén levantó la mano y dos más aparecieron en nuestra mesa.

"No creo que necesite más de estos", le dije mientras tomábamos el segundo. Seguimos conversando. Ya lo estaba sintiendo. Rubén volvió a levantar la mano y trajeron dos tragos más a la mesa. Ya nos habíamos tomado los tragos justo cuando Jair y Lis regresaron. Venían agarrados de la mano cuando llegaron a la mesa.

"Necesito ocuparme de algunos asuntos, volveré en unos minutos", dijo Jair mientras besaba a Lis en la mejilla y se alejaba. Lis se inclinó y agarró su bebida, el vestido holgado revelaba su oscuro pezón. Me preguntaba si Jair no había estado mirando cuando estaban solos. Marce regresó a la mesa cuando Troy subió al escenario.

"Entonces, ¿han sido buenos chicos mientras estuvimos fuera?", nos preguntó Marce.

"Edgar aquí es un gran bebedor, creo que he encontrado un compañero".

Marce se dirigió a mí, "Edgar, ten cuidado con mi marido, él puede beber tequila como nadie que hayas conocido. Rubén debes mostrarle a Edgar la cabaña donde nos estamos quedando, Jair nos llevó a su casa y le estaba diciendo a Lis cómo las cabañas donde estamos son muy parecidas a las de él".

"¿Cabaña?, su casa es hermosa, más como una mansión", respondió Lis claramente impresionada.

"Me sorprende que hayas visto algo de la casa por la forma en que estabas haciéndole ojitos a Jair", comentó Marce.

"¿Yo? no sé de qué hablas", respondió mi esposa rápidamente, a la defensiva.

"Oh, vamos Lis, no te preocupes, Edgar sabe que estoy bromeando, además él no es del tipo celoso. ¿Edgar eres celoso?". Tomé un sorbo de mi bebida y disentí con la cabeza.

"Termina esa bebida Edgar y vamos a mi casa, está cerca". Dijo Rubén terminando su bebida y poniéndose de pie.

"No sé si debería dejar a Lis además de que se está haciendo tarde y estoy tomado", dije tratando de zafarme de aquel compromiso.

Marce saltó inmediatamente. "No, no digas eso, es temprano, no puedes llevarte a mi compañera, Lis tiene que quedarse, insisto, ve con Rubén, es aquí mismo y la caminata te hará bien. Lis vamos al baño de damas mientras los chicos van a la casa. Tengo mucho que contarte". Marce levantó a Lis y se la llevó.

Lo siguiente que supe fue que estaba caminando por la playa con Rubén. La caminata me ayudó a ponerme un poco sobrio mientras conversábamos de todo un poco. Charlamos sobre trabajo, golf, lo habitual. Descubrí que Rubén era médico y que vivían en las afueras de Bogotá, a pocos minutos de nosotros. Entramos a su casa y me quedé impresionado. Rubén me mostró la casa y luego me sirvió un trago.

"No, hombre, realmente he tenido suficiente, deberíamos volver", le dije tratando de no tomar más.

"En un minuto regresamos, pruébalo, es un tequila realmente bueno, además de que no me has preguntado".

"¿Qué?" Pregunté mientras olía los tres dedos de tequila que me había servido.

"Sobre Marce, Troy y yo ".

"No es de mi incumbencia", le dije queriendo ser reservado.

"Bastante justo, sin prejuicios, sin embargo siento un poco de vacilación también. ¿Te gustaría saber cómo empezamos?". Sin esperar mi respuesta continuó, "Bueno, hace dos años vinimos aquí durante dos semanas al igual que Lis y tú. Para hacerte el cuento corto nos atrapó este estilo de vida. Has estado aquí por tres días, apuesto a que ustedes dos están haciendo cosas que nunca hicieron en casa". Tomé un buen trago y no respondí.

"Bueno, sé honesto". Rubén era implacable y yo estaba borracho.

"Está bien, sí".

"Ves, eso no fue difícil, ahora dime ¿crees que Lis se siente atraída por Jair?".

"Posiblemente".

"¿Eso te pone celoso?".

"No".

"Aun a sabiendas de que Jair es muy atractivo para las damas".

"No, no estoy preocupado".

"Vamos Edgar, has visto la forma en que mira a Jair, si dejas a tu mujer sola con él, solo será cuestión de tiempo antes de que él la seduzca". El alcohol me estaba haciendo girar la cabeza mientras lo oía hablar.

"No estoy seguro de eso". Respondí poco convincentemente.

Estos jamaiquinos, altos, guapos, tienen un acento seductor, son encantadores, saben cómo tratar a una dama. Marce no puede mantener las piernas juntas cuando está cerca de Troy. Me di cuenta desde que se conocieron. También supe que era inevitable que tarde o temprano estarían juntos. Yo, como tú, me di cuenta al principio de que evitar esa relación con Troy solo llevaría a que ella se resintiera conmigo. También te resulta muy emocionante, ¿no?.

"¿Cómo, yo?", pregunté por decir algo, pero estaba de acuerdo con todo lo que me decía. Había visto la mirada en los ojos de Lis, la forma en que escuchaba cada palabra de Jair. La manera en que sus ojos lo seguían por el club mientras él se mezclaba con sus clientes. Era imposible negar su atracción por él. Lo vi la primera noche que bailaron juntos. Mi polla estaba dura otra vez preguntándome cómo sería ver a mi hermosa mujer follándose a un semental negro.

"Ella se siente atraída por él, incluso yo puedo ver eso. ¿Puedes imaginar cómo se siente ella con una polla dos veces más grande que la tuya frotándose contra ella cuando bailan?".

No respondí y Rubén tomó mi vacilación como respuesta afirmativa.

"Lo mismo nos sucedió a Marce y a mí. Así lo supe. Deja que suceda, créeme, no te arrepentirás".

"Hombre, esto es una locura, no sé, estoy demasiado tomado para pensar con claridad".

Mira, cuando volvamos, sigue mi ejemplo, deja que la naturaleza siga su curso. Lo encontrarás emocionante en formas que nunca soñaste".

"No lo sé, quiero decir que sí, es obvio que le gusta, pero no es más que un coqueteo inofensivo Rubén".

"¿Tu pene se pone duro cuando los ves bailar?. ¿Tu pene está duro ahora solo de pensarlo?", Rubén me miró y luego, como si leyera mi mente, y dijo: "Está bien, no eres un pervertido y no hay nada de malo en que te excites mirando a tu mujer con otro hombre, nada me emociona más. Dime la verdad, ¿te gusta ver la interacción entre ellos?".

"Si", respondí. El alcohol fungía como suero de la verdad.

"Bien, eso es un gran avance, ahora como dije, sigue mi ejemplo cuando regresemos. Es el comienzo, verás, este lugar es increíble. Tú y yo somos más parecidos de lo que crees Edgar. Listo para volver, entonces termina el trago y nos iremos.

En el camino de regreso, Rubén me dijo algo más.

"Cuando regresemos, Lis puede preguntarte si todo está bien, o si quieres irte, si lo hace, es porque se siente culpable de desear a Jair. Será su conciencia luchando contra su deseo por él. Ella estará buscando una excusa para no dejar que él la seduzca. No le des una. De acuerdo.

"Bueno." Respondí titubeando.

Las chicas estaban bailando cuando volvimos al bar. Lis con Jair, Marce con otro negro. Cuando terminaron, Lis me vio y se acercó mientras Jair subía al escenario y hablaba con Troy. Rubén se excusó y caminó hacia Jair y Troy.

"Hola ¿estás bien?", preguntó Lis mientras se acercaba.

"Estoy bien, las cosas no podrían ser mejores", respondí.

"¿Estás cansando?, ¿te quieres ir?", preguntó ella.

Me maravillé de cómo Rubén había predicho lo que Lis me preguntaría. "No, quiero quedarme y tomar un par de copas más con Rubén". Dije, mientras Jair se acercaba. Sin decir una palabra, tomó la mano de Lis y la condujo a la pista de baile.

Rubén regresó a la mesa, "entonces, ¿qué dijo ella Edgar?", me preguntó mientras los veía caminar hacia la pista de baile. Le dije y él sonrió.

"Perfecto Edgar, ¿qué te dije?, ¿tenía razón?".

Asentí y vi como Jair tomó a mi esposa en sus brazos. Pude verlo decirle algo a Lis mientras la acercaba.

"Cuando terminen este baile, Jair vendrá y te dirá que él y Lis irán a fumar a su casa. Él será cortés y te invitará, pero tú dirás que quieres quedarte aquí ¿entendido?".

"No lo sé Rubén, Lis puede no ir por esto".

Rubén sonrió, "En serio Edgar está sucediendo, solo dale un pequeño empujón y deja que Jair haga el resto". No tuve mucho tiempo para pensarlo porque cuando la canción terminó, Jair y Lis se acercaron.

Él pasó su brazo alrededor de la cintura de mi mujer y la acercó a él y dijo: "Vamos a ir a la casa un rato, ¿quieres venir?".

Rubén respondió por mí. "No, chicos, adelante, vamos a tomar un par de copas, luego nos vamos a mi casa, ¿por qué no se unen a nosotros en un par de horas?". Mi cabeza daba vueltas mientras trataba de entender lo que estaba sucediendo. Al mirar a Lis, ella también parecía estar tratando de asimilar las cosas.

"¿Estás bien Edgar?", me preguntó Lis.

"Sí, sí, vayan, nos vemos en casa de Rubén en un par de horas", le dije.

Halando a Lis de la mano, escuché a Jair decir algo como: ¿qué te dije? y se fueron.

"No sé si esto está bien". Le dije a Rubén mientras me levantaba para seguirlos, pero Rubén me tomó del brazo.

"Espera, dales unos minutos y los seguiremos, podrás ver todo, ahora termina tu bebida". Rubén dijo severamente, así que me senté.

Esperamos lo que parecía una eternidad, luego salimos. La suave brisa me ayuda a ponerme un poco más sobrio. Caminamos unos cientos de metros y luego seguimos un sendero junto a una casa. Rubén se llevó el dedo al labio para indicar que no hiciera ruido. Podía escuchar música suave mientras nos acercamos a la parte trasera de la casa. Una tenue luz brillaba sobre la terraza cuando subimos a ella. La sala de estar de la casa tenía enormes puertas abiertas al lugar donde estábamos. Podía escuchar la voz de Lis.

"Tal vez debería volver y tratar de alcanzar a Edgar y Rubén".

Rubén se volvió hacia mí y extendió la mano para indicarme que debía quedarme atrás. Luego traspasó las puertas y me hizo seña para que lo siguiera. Escuché a Jair hablar. "Está bien si eso es lo que quieres hacer, pero incluso Edgar quiere que esto suceda".

Rubén me indicó me acercara y luego me dejó pasar, me hizo señas para que no hiciera ruido y me dijo ven y mira. Lis estaba de espaldas a mí. Jair bajó las manos de su cintura hasta su trasero presionándola suavemente hacia él, mientras la miraba a los ojos.

No puedo creer que esto esté sucediendo", dijo Lis mirando a sus ojos y su cara muy cerca de la suya.

Jair subió sus enormes manos negras y tomó tiernamente su rostro, se inclinó y la besó. Vi como Lis respondió levantando sus manos y acariciando su cara. Me dolía el pene cuando Jair lentamente bajó sus manos a la cintura de mi esposa. Luego levantó una de sus manos y agarró firmemente una de sus tetas, pellizcando su tierno pezón con fuerza".

"Te deseo tanto". Lis gimió cuando se separaron. Él tomó su mano y la condujo por el pasillo y se encendió una luz en una habitación, al otro lado de la terraza. Rubén me tocó en el hombro y salimos a la terraza y caminamos alrededor y detrás de unos arbustos justo al lado de la ventana del dormitorio. Rubén a un lado de la ventana, yo al otro. Miré a mi conspirador mientras él se desabrochaba los pantalones y sacaba una pequeña polla rechoncha. Ignorando a Rubén, miré hacia la habitación cuando Jair comenzó a quitarse la camisa. Al principio, Lis pareció dudar. Jair bajó sus pantalones y notó su vacilación, pero continuó desnudándose. Él se bajó su bóxer dejándolo caer al suelo y luego salió de ellos caminando hacia Lis, su polla semi erecta sobresalía de su perfecto cuerpo.

Sin decir una palabra, Jair puso las manos sobre los hombros de mi esposa. Ella levantó la vista cuando Jair se inclinó y la besó de nuevo. Levantó las manos hasta sus hombros y le bajo el vestido por los lados de sus brazos, el vestido cayó al suelo, ella se mostró sumisa, mirando a su erección, estaba totalmente desnuda a excepción de su diminuta tanga de color melocotón. Lis estaba parada ante Jair con los pezones rígidos y gruesos, los ojos llenos de lujuria.

"Que bella eres, ven aquí y siente esta verga", ordenó Jair mientras tomaba su negra polla y la apretaba. La cabeza de su miembro parecía enorme mientras ordeñaba pre-semen blanco de la gran hendidura. Lis colocó sus manos sobre su pecho musculoso y dejó que sus manos bajaran por su pecho y cruzaran su abdomen mientras caía de rodillas. Su área púbica no tenía pelo, sus huevos colgaban grandes como criadillas de toro. Lis acarició sus bolas con una mano y su polla con la otra. Mi esposa comenzó a pasar su negra polla por la cara, la lamió, la besó y se metió la cabeza en la boca chupando las gotas de pre-semen que tenía en la cabeza.

Jair levantó una pierna sobre la cama dándole a Lis acceso a sus bolas. Esta vez sin dudar, ella sabía lo que su amante quería. Lis levantó sus huevos y se colocó en posición para chupar sus bolas mientras le acariciaba la polla. Estaba atónito, Lis nunca había hecho algo así por mí.

"Oh, qué linda chica lame eso, sí, justo ahí". Jair guiaba a Lis mientras ella consentía sus enormes huevos con su lengua. Su polla parecía crecer aún más. Mi pene estaba a punto de explotar, nunca había visto algo así en mi vida. Ella con dificultad metió un testículo a la boca y luego lo sacó y metió el otro mientras acariciaba su enorme pija. Esto continuó por unos minutos. Entonces Jair satisfecho, le dijo. "Eso fue bueno, ahora chúpala, niña", mientras se sentaba a la orilla de la cama y ella se acomodaba entre sus piernas. Lis tomó su polla negra con sus blancas manos, sus ojos mirando a Jair para su aprobación mientras su lengua lamía la cabeza de su verga.

"Te gusta hacer eso, ¿no?" preguntó. Ella asintió mientras giraba su lengua alrededor de la bulbosa cabeza de la pija. No pude contenerme más y sentí que comenzaba a correrme, no había hecho más que agarrarme sobre los pantalones. Ahora mis pantalones estaban pegajosos con mi semen. Me di la vuelta de repente preguntándome qué demonios había hecho. Di unos pasos preguntándome si era demasiado tarde para cancelar las cosas.

Entonces escuché a Jair hablar. "Párate mi amor".

Dándome la vuelta, vi a Rubén todavía mirando a los dos amantes, mientras masajeaba lentamente su gruesa polla, ahora completamente erecta. Me sorprendió que era más larga que mi polla, tal vez unos centímetros, pero tenía el doble de grosor y la cabeza de su miembro era aún más ancha. Miré y vi que el eje de Jair era morado y venoso. Normalmente creo que debería haberme extrañado que Rubén se estuviera masturbando con mi esposa, pero ya no.

Mirando hacia la habitación, vi a mi esposa ponerse de pie. Él tomó su tanga y la bajó dejando su coño a su vista a unos centímetros de su cara. Besó su monte de venus y la haló hacia sí acostándola sobre él. Se besaron y se abrazaron, él acariciaba cada centímetro de su blanca piel, agarrando sus tetas con fuerza, pellizcando y tirando de sus pezones. Estaba seguro de que la estaba lastimando, pero solo parecía hacerla sentir más emocionada. Los gemidos de Lis se volvieron más cargados cuando ella se agachó y trató de guiar su polla entre sus piernas. Sentí como si estuviera viendo a dos extraños follar y mi polla comenzó a ponerse rígida nuevamente.

Lis comenzó a frotar la cabeza de su negra verga hacia arriba y hacia abajo por su húmeda raja. Estábamos a menos de 5 metros de distancia y pude ver los labios húmedos de su coño separarse mientras presionaba la polla de Jair. Lentamente, empujó esa polla y vi la cabeza deslizarse dentro de su coño. El coño de mi esposa se veía increíblemente estirado.

"Oh, Dios mío, no sé si puedo aguantar toda tu pija dentro de mí, oh Dios, tu polla se siente tan bien. Es tan grande."

"Solo ve despacio chica, te acostumbrarás, y cuando lo hagas no querrás otra polla", le dijo él con confianza. Ella gemía con cada empuje y continuó moviéndose hacia arriba y hacia abajo sobre su eje mientras él sostenía su cintura y la balanceaba hacia arriba y hacia abajo. Lis se volvió más y más vocal. Una crema blanca comenzó a formarse en la base de su negra verga.

"Oh, que rico, Dios, me estoy corriendo tan fuerte, oh Dios, nunca me habían dado tan rico, oh, joder", gritó mi esposa mientras se derrumbaba sobre el pecho de su nuevo macho.

Él rió entre dientes con la satisfacción de haberle dado a Lis un orgasmo con una intensidad increíble.

Se dieron vuelta y él comenzó a follarla estilo misionero. Ahora que estaba encima de ella y comenzó a empujar más fuerte, poco a poco hundió todo tronco en el tierno cuerpo de mi esposa. Ella curvó sus piernas alrededor de su espalda cuando el comenzó a acelerar. Follaron así durante lo que parecieron diez minutos. Abierta de par en par, ella recibía sus embates cada vez más fuertes. Ella respiraba con dificultad con suspiros de placer disfrutando de la polla de este gigante de ébano que la hacía sentir cosas por primera vez en su vida. Ella pareció experimentar un micro orgasmo mientras clavaba las uñas en su espalda.

Él se detuvo y lentamente retiró su polla. Dejó la cabeza justo sobre la hendidura de mi mujer. Luego, bajando la polla, se deslizó en su coño con facilidad. Las piernas de Lis se separaron ampliamente mientras comenzaba a gemir.

"Te dije que te acostumbrarías, ¿no?" Lis asintió mansamente.

"¿Quieres que te la vuelva a meter?" mordiéndose el labio inferior, Lis volvió a asentir. Jair empujó lentamente su polla hasta lo profundo del coño de mi esposa, luego preguntó. "¿Te gusta?", ella le respondió, "me encanta tu pija en mi coño". Ronroneó Lis.

"Esta cuca me pertenece ahora, niña, lo sabes bien". Lis asintió nuevamente.

"Dilo".

"Siiiii", escuché a Lis susurrar, mientras hundía su polla profundamente. Jair comenzó a bombear su polla dentro y fuera de ella, cada golpe la hacía llorar de placer. Ella comenzó a temblar sin control. Jair se rió entre dientes cuando un nuevo orgasmo afloraba y la llevaba a un estado de lujuria que nunca antes había presenciado. Ella gimió incontrolablemente de placer, mientras su cuerpo temblaba con cada empuje.

"Aaaah ahí tienes, deja que suceda, córrete por mí, niña". Jair ordenó mientras Lis tenía un orgasmo estremecedor.

"Oh, Dios mío, oh Dios", gritó más fuerte.

Él se mantuvo dentro de ella sin moverse mientras ella se sosegaba.

"Estás bien, tuviste uno muy fuerte, ¿no?" Esta gentileza era un lado diferente de Jair que no conocía.

"Hmmmm, oh Dios, sí, nunca había experimentado algo así en mi vida", respondió Lis, su voz temblando de emoción. Él nuevamente comenzó a moverse, sus embates eran profundos y poderosos. Lis volvió a gemir cuando Jair se emocionó más. "Maldita chica, eres tan jodidamente sabrosa, encajamos muy bien juntos, ¿era esto lo que esperabas?", le preguntó.

"Oh, Dios, tu negra verga se siente tan bien, me siento como una mujer por primera vez en mi vida. Dios, esto es tan jodidamente bueno". Esa declaración fue como una daga en mi corazón. Sabía que Lis me amaba, eso no había cambiado, pero nunca esperé que le hablara así a otro.

"Vamos chico, más duro fóllame más fuerte, eso es, dame más rápido, me voy a correr". Él se animó y comenzó a subir y bajar más rápido.

"Quiero que te vengas, que te corras conmigo, y me llenes con tu semilla en la profundidad de mi vientre, quiero sentir tu esperma muy profundo dentro de mí, Dios mío, Jair, lléname", ella estaba consumida por la lujuria cuando él comenzó a bombear su pija más profundo en mi esposa. Pude ver su poderoso cuerpo tensarse cuando comenzó a inyectar su leche en el coño de mi mujer. Rugiendo de satisfacción y con gran fuerza, empalando su verga profundamente en su concha. Después de lo que parecieron minutos, colapsaron en los brazos del otro. Vi como su respiración pesada comenzó a disminuir.

Mientras admiraba la visión más erótica que había visto en mi vida, me di cuenta que me había sacado mi propio pene y me había corrido en mi mano mientras veía a este semental darle placer a mi esposa. A mi lado Rubén había hecho lo mismo y se arreglaba el pantalón.

Volví a mirar dentro de la habitación y sentí un toque en mi brazo, era Rubén haciendo un gesto para que nos fuéramos. Cuando estábamos a una distancia segura, le pregunté "¿a dónde vamos?". Él sólo me dijo, "a casa" mientras caminamos por la playa durante aproximadamente unos 500 metros hasta su casa.

Ya en su casa, Rubén comenzó a hablar conmigo. "Tu esposa es espectacular. Tengo que decir que me temo que Jair se ha enamorado de Lis y quién puede culparlo. Dios mío, ella es magnífica".

"Así es, ella es magnífica". Respondí sin querer revelar cuán preocupado estaba. Él sirvió un par de bebidas, la cual yo necesitaba con urgencia.

Habían pasado más de dos horas desde que salimos del bar y Rubén sugirió que me llevaría de regreso al hotel.

"¿No los vamos a esperar aquí?", ingenuamente pregunté yo.

Rubén sonrió y luego dijo: "No, eso sería una larga espera, ¿no crees? Tengo sueño y necesito ir a la cama. Te ofrecería la habitación de invitados, pero Troy y Marce la están usando esta noche".

"No hay problema, caminaré".

"Edgar no vayas a tocar a la puerta de Jair, no creo que eso terminaría bien", dijo Rubén mientras yo salía a la playa. El hotel estaba a poca distancia de la cabaña de Rubén y en dirección opuesta a la de Jair. Caminé hacia el hotel. Supongo que me senté en la playa por un minuto y me desperté con un sol abrasador. Desaliñado, volví a la habitación. Era casi medio día.

Abrí la puerta y entré en la habitación cuando Lis salió del baño. Corrió hacia mí y abrazándome me dijo, "gracias a Dios estás bien. Estaba preocupada por ti. Rubén dijo que te fuiste de su casa y venías al hotel. Pero cuando llegué la cama todavía estaba hecha. ¿A dónde fuiste? Estaba a punto de llamar a la policía".

Lis estaba envuelta en una toalla, su cabello estaba mojado, se veía increíblemente sexy para mí en ese momento.

"Lo siento", dije, me quedé dormido en la playa, "déjame lavarme", entré al baño y me di una ducha. Regresé al cuarto y me acerqué a ella, le di un beso largo y profundo, mi polla estaba dura como una roca. Rompiendo el beso, desenvolví la toalla y me arrodillé para que mi boca estuviera a centímetros de su coño. Luego, mirándola, comencé a lamer su clítoris. Lis abrió las piernas y me dio un mejor acceso. Luego tomó mi cabeza en sus manos y metió mi boca con fuerza en su coño.

"Oh Dios, eso se siente tan bien, bebé más profundo, lámela, así es, así". Lis comenzó a mover su coño arriba y abajo en mi boca. Mientras tanto, me las arreglé para quitarme los pantalones y comencé a tocarme. Lis se dio cuenta y comentó. "Chuparme el coño te pone duro, bebé, ¿vas a correrte por mí? Muéstrame cuánto te gusta lamer mi coño, corrérte por mí, bebé". Miré hacia arriba y pude ver que Lis estaba mirándome a los ojos.

"Tenía miedo de que cambiaras de opinión sobre lo de anoche. No estás enojado, ¿verdad mi amor? Rubén le dijo a Marce que estabas de acuerdo con eso".

Mirándola, solo pude negar con la cabeza indicando que no estaba enojado, mientras disfrutaba del sabor de su coño.

"Te amo mucho. No estaba completamente segura anoche. Estaba tan emocionada. Dios, tengo tanta suerte de tener un hombre como tú", gimió ella.

La imagen de Jair follando a Lis inundó mi mente cuando cerré los ojos y lamía su coño. Me preguntaba cuánto de su semen todavía estaría en su panocha. Metí mi lengua lo más profundo posible en su hendidura, sus manos presionando más fuerte, estrujaba su panocha en mi cara. Todo lo que pude hacer fue gemir y continuar lamiendo y chupando su raja.

"Desearía que hubieras estado aquí cuando volví de casa de Jair". Mi mente corría con lo que ella implicaba.

"Más profundo Edgar, quiero que lo pruebes, es tan bueno, eso es bebé, profundo, ¿saboreas su semen?" No podía creer que Lis me estuviera diciendo estas cosas.

Sentí que el cuerpo de Lis comenzaba a temblar, justo cuando comencé a correrme.

"Oh, Dios mío, estás acabando, mira eso, te encanta comer mi coño, ¿no, cariño? Chúpame así de rico amor, me vengoooo". Todo lo que pude hacer fue gemir mientras mantenía mi boca firmemente presionada contra su raja.

Me recosté contra la cama, todavía jadeando. Lis me acarició suavemente el cabello.

Tomó el teléfono y llamó a Marce. La escuché decirle a Marce que todo estaba bien, se paró y entró en el baño y la escuché decir, oh Dios mío, tenías razón en todo, me visto y los alcanzamos en el bar del hotel.

Se puso un bikini blanco que había comprado nuevo y me dijo, vayamos a relajarnos en la playa mi amor.

"Bien, déjame tomar una ducha y vamos, así como algo". Me di una ducha rápida y salimos del cuarto.

En el bar nos esperaban Marce y Rubén. Las chicas dijeron que iban a tomar sol y se fueron solas a la playa, así que me quedé con Rubén en el bar.

"¿A dónde fuiste anoche Edgar?, nos tenías a todos preocupados". Preguntó Rubén mientras tomaba un trago de su Bloody Mary, señalando a la barra que le trajeran otro y uno para mí. Tomamos varias bebidas y me sentí mejor. Rubén no habló más de la noche anterior, supongo que esperando que yo rompiera el hielo. Ordené algo para comer mientras bebíamos y charlábamos.

Rubén me habló de su práctica médica y luego me hizo algunas preguntas sobre mi salud. El tipo era muy interesante y me dijo que su especialidad en terapia de reemplazo hormonal. Explicó cómo con solo unas pocas dosis de suplementos hormonales aumentaría mi masa muscular y deseo sexual. Rubén dijo que vería resultados antes de partir en dos semanas. Así que acepté intentarlo.

El tiempo pasó volando. Las chicas regresaron de la playa. Lis se había trenzado el cabello con cuentas, lo que la hacía ver muy exótica. Ambas nos dijeron que fuésemos a bañarnos y vestirnos para salir a cenar.

Esa noche Lis se puso un vestido blanco a media pierna, se veía muy sexy y llevaba sus tacones de 10 cm de alto. El vestido tenía una línea de cuello que se hundía muy por debajo del pecho y apenas cubría sus tetas, sus gruesos pezones oscuros sobresalían prominentemente a través del material transparente. La piel de Lis estaba quemadita, mostrando un color dorado deslumbrante.

Nos encontramos a las 8 en un lugar muy bonito que escogió Rubén. Buena comida, buena música. Todos parecían haber olvidado el día anterior. En el restaurante, Rubén me dio una bolsita con dos cajas de pastillas, me dijo, toma una de cada una cada 24 horas, comienza tomándotelas ahora. Así lo hice.

Después de cenar, Rubén dijo, "bueno ahora vamos por un poco de música. Vámonos para El Toro", así que salimos del restaurante y nos fuimos al club.

El club estaba lleno pero vi a Jair de inmediato. Mi polla comenzó a ponerse dura. Él estaba de pie junto a la barra y se alzaba sobre la multitud. Estaba vestido con un traje de lino blanco. Troy estaba a su lado con un traje beige. Eran un par de sementales, admirados por cuanta mujer había en el local.

Nuestras mujeres se dirigieron a la barra a saludar a aquel par de ejemplares, mientras un camarero nos condujo a una mesa reservada para nosotros. Nos sentamos y cuando íbamos a pedir, llegaron unas bebidas obsequió de nuestro anfitrión.

Los cuatro se veían impecables. Intercambiaron saludos, abrazos y besos. Troy tomó a Marce de la mano y la llevó a bailar.

Lis y Jair se quedaron conversando en la barra. Recordé la declaración del día anterior de Rubén de que ellos parecían una pareja y se veían muy bien juntos.

"¿Entonces, qué piensas?" me preguntó Rubén, y solo dije "mi mujer se ve fantástica, ¿verdad?".

Jair estaba medio sentado en un taburete. Lis estaba frente a él. Jair posó una mano sobre su cadera y la hizo girar hacia sí. Tenía las piernas separadas así que cuando la atrajo hacia él, su muslo se presionó firmemente contra su virilidad. Le dijo algo a ella, quien respondió juguetonamente y lo golpeó en el brazo. Me di cuenta por la expresión de la cara de Lis que estaba cautivada. La mano de Jair acariciaba su trasero. Estaba reclamando a mi esposa justo frente a mis ojos y yo estaba indefenso. Mi pene estaba tan duro que estaba a punto de estallar. En ese momento no asociaba mi excitación con las píldoras que había tomado.

Después de conversar un rato, mi esposa y su macho fueron a bailar. Me pregunté a mi mismo, ́mi esposa y su macho ́, no entendía cómo podía pensar así de toda esta situación. Sin embargo, repensando, me dije a mi mismo ya más sosegado, ́quizás no haya malo en esto de que mi mujer tenga un amigo ́. Me sentía confundido y mi mente divagaba.

Bebía con Rubén mientras las dos parejas bailaban. Rubén y yo hablamos un poco sobre mi práctica legal. Traté de responder las preguntas de Rubén, pero Lis y Jair desviaban mi atención constantemente. Durante un número lento, Jair la sostenía muy cerca. Él había puesto sus manos sobre la base de su espalda y yo podía ver cómo sus dedos se movían sobre su trasero, apretándola constantemente. Lis acurrucó su rostro en su cuello, mordisqueándolo ocasionalmente.

Al mismo tiempo, Rubén comenzó a contarme sobre la primera vez que Troy había follado a Marce. La descripción de Rubén fue muy explícita. Me contó cómo se había emocionado tanto que se había metido entre las piernas de Marce después de que Troy se había corrido en ella. Rubén continuó diciendo que ahora, después de que Marce tiene relaciones sexuales con Troy, a menudo le exigía que él le chupara el coño. Me sorprendieron estas revelaciones. Me daba vergüenza mencionar que ya había hecho algo bastante similar. Sin embargo, el hecho de que Rubén hubiese tenido una experiencia similar fue extrañamente reconfortante.

Continuamos bebiendo y observando a los bailarines, después de un rato las dos parejas se acercaron a la mesa y se sentaron. Lis a mi lado y Jair a su otro lado. Inclinándose, me dio un beso y me dijo lo afortunada que era de tener dos hombres calientes en su vida. Sentí su mano en mi regazo. Lis me apretó suavemente la polla. Todavía me costaba verla interactuar con Jair, pero no dejaba de excitarme.

Lis me susurró al oído, "no puedo decirte lo excitada que me pone cuando siento lo dura que está tu polla. Me encanta que te emocione verme con Jair", el aliento caliente de Lis me provocó escalofríos. Sentí que mi pene latía con su toque. Lis apretó mi pene con una serie de movimientos de ordeño mientras su lengua se clavaba en mi oído. Que me mordisquee la oreja me vuelve loco y Lis lo sabe. "Oh, estás listo para correrte por mí, ¿verdad? Hazlo bebé, vente por mí, córrete por mí ahora mismo". Las palabras y el tacto de Lis eran electrizantes. No podía controlarme.

"Dios, Lis, qué estás haciendo, no aquí, vamos a la habitación".

"Shhhh bebé, no luches, me encanta que mi pequeño hombre sea tan bueno, quiero que te corras por mí, ahora mismo está bien". No sabía si era el toque de Lis o las pastillas que Rubén me había dado, cerré mis ojos y me dejé llevar mientras ella me hizo acabar. Abrí los ojos y vi a Rubén sonriéndome desde el otro lado de la mesa. Jair lo miró sonriendo.

"Oh, Dios mío, ya te viniste, mi pobre bebé lo necesitabas, ¿no?. Te amo tanto, ahora ve a limpiarte, puedes decirle a la gente que derramaste tu trago en tu regazo". Ella susurró, como si todos en la mesa no supieran lo que acababa de pasar.

Fui al baño de hombres y entré en un cubículo. Bajándome los pantalones, estaba un poco mojado, pero mi semen estaba muy aguado y claro. Con tanta actividad en los últimos dos días mis bolas estaban vacías. Me limpié como pude y volví a la mesa.

Lis y Jair estaban de pie y uno frente al otro. Él tenía sus manos sobre la cintura de ella y la mantenía pegada a su cuerpo. Los dos formaban una pareja llamativa. Lis se rió de algo que dijo, luego se puso de puntillas y le dió un besito en los labios. Mirando en mi dirección, me indicó que me acercara. Me aproximé a ellos sintiéndome enano por el tamaño de la pareja.

Marce, que estaba a un lado de ellos abrazada a Troy anunció que se dirigían a la casa de Jair. Lis todavía estaba abrazada a su nuevo hombre y no hizo ningún esfuerzo por alejarse de él. Él no dijo una palabra y se mostraba satisfecho, a decir por la forma en que me miraba. Me sentí absolutamente fantástico, no me importaba nada en el mundo. Las píldoras eran una maravilla pensé. "Ven con nosotros mi amor", me dijo mi esposa sin dejar de abrazar a su macho.

Cuando llegamos a donde Jair, todos nos sentamos en la sala de estar. Lis, Jair, Marce y Troy se sentaron en dos sofás en forma en ´L´. Había grandes y cómodas sillas frente al sofá, pero antes de que pudiera sentarme, Rubén preguntó qué bebían todos. Tomando órdenes de las dos parejas, Rubén me pidió que me uniera a él en la cocina para ayudar a preparar bebidas. Estábamos preparando bebidas cuando Rubén me dijo que él y Marce se irían tan pronto como terminaran los cócteles.

Dándome las bebidas de Jair y Lis, dijo: "Vamos a tener un trío. No puedo esperar para ayudar a Troy a follar a Marce. Nada me emociona más. Por cierto, ¿cómo te sientes?".

"Realmente bien".

"Bien, ahora recuerda cuando me vaya solo haz lo que Jair te diga y lo pasarás genial".

Me senté frente a Jair y Lis y todos charlamos un rato, luego sentí la necesidad de ir al baño.

Cuando regresé, Lis y Jair estaban besándose en medio de la sala. Marce, Troy y Rubén ya se habían ido.

Me sentía un poco mareado y me costaba concentrarme cuando Lis me tendió la mano. Tomando su mano, los seguí a la habitación de Jair. Esperé junto a la puerta cuando Lis comenzó a desabotonar su camisa mientras él desataba los tirantes del vestido y este cayó al suelo. Apenas podía respirar cuando Lis comenzó a desabrochar los pantalones de su macho.

Me quedé junto a la puerta, sentía mis piernas débiles, mientras, Lis se arrodilló frente a Jair tirando de sus pantalones hasta el suelo. Ella tomó su polla con sus manos y lo miró con adoración. Luego, lentamente, vi que su lengua lamía suavemente su eje desde la base hasta la punta de su polla. Estaba en trance mientras veía la magnífica verga de Jair crecer más y más.

"No puedo creer lo grande que es tu pija", gimió Lis.

"Quítate la ropa", ordenó Jair sacándome de mi trance. Me quité la ropa y luego Jair me dijo que me uniera a ellos. Me acerqué a Jair y Lis.

"Acércate, deja que te chupe la polla". Me puse a su lado y ella tomó mi pene con una mano y comenzó a acariciarlo. Ella miraba mi verguita y la comparaba con la bestia negra de Jair mientras sonreía, yo sabía que sentía lástima por la diferencia de tamaño de mi pene y su verga. De pie junto a Jair me sentía pequeño, pero además me sentía inferior e inadecuado para la mujer que estaba arrodillada frente a nosotros, mi esposa. Miré hacia abajo para ver a Lis cambiar de la polla de Jair a mi polla. El contraste entre nosotros dos no podría haber sido más mayor. Mi polla era suave y delgada, mientras que la polla de él era gruesa y muy venosa. Su eje negro era más del doble que mi pene y su glande era tres veces más grande que el mío.

Mi polla estaba muy dura y con el primer toque de su lengua estaba lista para correrse. Creo que Lis se dio cuenta cuando dejó de chuparme y preguntó: "¿Ya?" Luego, con un par de jalones de la mano de Lis, comencé a correrme. Desearía poder decir que disparé esperma por todas partes, pero estaba drenado. El poco semen que salió estaba muy aguado y parecía gotear de mi pene. Lis me miró mientras sacaba las últimas gotas de esperma de mi polla. Recuerdo sentirme avergonzado por mi actuación.

Él hizo que mi mujer se pusiera de pie y ambos se subieron a la cama. Me dejaron de pie junto a la cama con mi polla flácida y exhausta.

"Vamos tío, métete en la cama". Me ordenó y nuevamente hice lo que me dijo, estaba claro que él era el macho alfa y nosotros sólo obedecíamos al amo. Me arrastré a un lado de Lis con Jair al otro lado. Los dos se estaban besando, así que comencé a chupar los pezones de mi esposa. Los pezones de ella se ponen muy gruesos y duros cuando está excitada. A medida que avanzaba la noche, Lis me dio un ligero empujoncito en la cabeza, nuestro código de que quería que me comiera su coño.

No lo dudé, dejándome rodar en la cama hasta que estuve entre sus piernas.

El coño de Lis estaba tan mojado que apenas podía creerlo. Me encanta chupar su clítoris porque la vuelve loca. Así que lamí su raja y luego comencé a mordisquear y chupar su clítoris. Las caderas de Lis comenzaron a ondularse y supe que ella quería follar.

"Te necesito en mí", gimió Lis.

Sabía que ella estaba hablando con él. Subí la mirada para verla besando apasionadamente a su amante. Cerré los ojos y seguí lamiendo la raja de mi esposa y chupando su clítoris. Sentí que algo tocaba mi mejilla. Cuando abrí los ojos, me di cuenta de que él había puesto su enorme polla sobre el abdomen de mi amada y había tocado mi cara. De cerca era increíblemente enorme. La enorme cabeza morada tenía unas gotas de pre-semen en la punta.

Lis, usando los dedos de su mano, comenzó a acariciar su glande, que parecía gotear continuamente grandes cantidades de pre-semen y lo esparcía por su cabeza que lucía como un hongo gigante abrillantado por el líquido que de él salía. Al mismo tiempo colocó su otra mano en la parte posterior de mi cabeza, presionando mi boca con más fuerza contra su coño.

Lis y yo hicimos contacto visual y luego, sin previo aviso, ordeño aquella gigantesca polla causando que más pre-semen saliera de la hendidura de su pene, luego lo recogió con su dedo índice lo y frotó en su raja y mis labios.

"¿Te gusta ese bebé?" Ronroneó mi mujer.

Respondí lamiendo su coño y sus dedos.

Jair se acostó a un lado de mi mujer y la montó sobre él. Dejándome a un lado mirándolos. Ella se sentó a horcajadas sobre él. Entonces Lis metió la mano entre sus piernas y comenzó a meter esa enorme cabeza de pija en su raja húmeda mientras le sobrevenía un enorme orgasmo.

Comencé a jugar con mi pene, que se había puesto duro de nuevo. Sabía que yo no era así de aguantador, algo había en las pastillas que me dio Rubén.

Cuando mi mujer se recuperaba de su último orgasmo Jair comenzó a ordenar de nuevo.

"Bájate de mí y ponte en cuatro y tú ven y ponte debajo de tu mujer quiero que tengas una buena vista de esta negra pinga en su coño.

Al principio no entendí lo que Jair quería que hiciera. Lis se puso de rodillas y fue Jair quien me indicó que me diera vuelta.

"Date la vuelta como en un sesenta y nueve".

Me di la vuelta hasta que mi cabeza estuvo entre las piernas de Lis mientras veía a Jair alinear su polla con la raja de mi esposa. Tenía el coño de mi mujer a centímetros de mi cara, podía sentir el olor del sexo de mi esposa mientras goteaban sus flujos sobre mi cara. Mi polla permanecía muy dura al punto de que me dolía. Jair agarró su polla y comenzó a deslizarla hacia arriba y hacia abajo por la rendija de Lis mojando su morada e hinchada cabeza, la tenía increíblemente hinchada y comenzó a empujarla entre los pliegues de la hendidura de mi esposa. La penetró y ella chillo de placer. La comenzó a bobear suavemente mientras ella desesperada, le decía "dame más, dame más".

Jair de vez en cuando sacaba su enorme verga y la golpeaba contra su coño, lo que inevitablemente hacía que golpeara mi cara y boca. Traté de alejarme pero mi posición entre las piernas de Lis no me lo permitía.

Mi esposa bajó su coño hacia mi cara, "chúpamela" me dijo y comencé a lamer su raja. Ella comenzó a gemir de excitación cuando mi lengua se sumergió en su coño.

"Así es Edgar, buen chico, moja a tu esposa para esta polla negra", dijo Jair cuando de repente empujó su polla entre mi lengua y la cuca húmeda de mi esposa. Sus huevos golpeaban mi frente y mi cara con cada empuje que él le daba.

No podía evitar que mi boca y lengua hicieran contacto con su pija y sus bolas, mientras de hundía profundamente en mi esposa. Una y otra vez empujaba su rolo en ella, haciéndola gemir de placer.

"Amo tu verga en mí", gemía mi puta esposa. Sí, era mi amada mujer, pero se había convertido en una zorra, que adoraba su polla.

Sabía que él estaba tocando lugares que yo nunca podría alcanzar.

"Oh, Dios, Jair cógeme, me encanta, más duro bebé, bebé acaba, vente, lléname de tu leche", gritó de placer mi mujer.

"Te encanta esta verga negra, ¿quieres que me corra en ti?, eres una puta".

"Oh, Dios, sí, por favor. Por favor, sí, fóllame, sí, acaba", Lis gemía y se comenzó a correr fuerte y apenas podía hablar.

"¿Quieres que me corra en ella cornudo?" Estaba hipnotizado por lo puta que se comportaba mi esposa. No podía responder, las enormes bolas de Jair se frotan en mi cara mientras lamía el clítoris de mi esposa.

"Anda cabrón dime que quieres que me corra dentro de tu esposa. Dímelo ahora". No pude evitarlo, cualquier aspecto de mi autocontrol parecía desaparecer con su orden. "Si". Respondí débilmente.

"Quieres que me venga en ella, dilo más fuerte. Dime que quieres que me corra dentro de ella". Lo escuché golpear el trasero de Lis.

"Sí, bebé, córrete en mí, dame tu semen, por favor". Imploró Lis.

"Edgar". Jair dijo alzando la voz.

"Sí, llena de tu caliente esperma a mi amada esposa", alcancé a decir más fuerte.

"¿Que la llene de leche? ¿Es eso lo que quieres cornudito?"

"Si." Dije más fuerte, abrumado por la dominación de Jair. Mi sumisión pareció estimular su orgasmo. Jair empujó su verga profundamente y luego, con un sonido gutural, comenzó a inyectar su semilla en el fértil útero de mi esposa. Podía sentir sus huevos en mi cara contraerse para impulsar su esperma dentro de mi mujer. Una y otra vez bombeaba su potente leche en Lis. Lis estaba temblando visiblemente. Su semen apareció alrededor de la base de su negra polla. Lis chupó mi pipicito y comencé a correrme, luego ella se derrumbó sobre mí mientras se venía una vez más.

Después de sosegarse, él sacó lentamente su pija de mi esposa. La cabeza de su polla goteando se deslizó fuera de su concha, permitiendo que su semen se chorreara fuera de ella directo a mi cara y mi boca. Jair agarró su polla y la frotó por toda mi cara y por último la metió en mi boca, mientras me decía, "Vamos, pruébalo, abre". Mamé su púrpura cabeza como un cornudo sumiso obedeciendo al macho de mi esposa y complaciéndolo en lo que él quería.

Mis labios se apretaron alrededor de su glande y él presionó la cabeza de su polla en mi boca. El olor a sexo me abrumaba. Tragué su semen. Luego me encontré girando mi lengua alrededor de su cabeza. Él exprimió su polla y salió una nueva porción de semen espeso, tragué más esperma mientras trataba inútilmente de forzar su pija más profundamente en mi boca, la tiene muy grande y a duras penas podía meter su enorme cabeza en mi boca. Mis labios se cerraron alrededor de su glande.

"No pares, eres bueno en eso, sabes que lo querías, no hay nada malo en chupar verga", dijo Jair. Mientras tiraba su polla hacia atrás y vertía las últimas gotas de leche en mis labios. Jair se puso de pie al lado de la cama, mirando sus conquistas. Luego habló con Lis.

"Siéntate, chica, deja que Edgar coma algo de mi semen". Sin decir una palabra, mi esposa puso sus manos sobre mi estómago y se sentó. Extendiendo las rodillas, plantó su raja goteando sobre mi boca. Ahuequé su coño con mi boca y hundí mi lengua en su agujero.

"Lámeme bebé, eso se siente tan rico". Lis gimió de placer cuando mi lengua entró en su coño. No dudé, era como si un demonio me controlara.

Tal vez fueron las drogas o solo mi perversión, chupé su hendidura con fuerza. No podía creer lo mojada que estaba Lis, mi boca se llenó con el esperma caliente, espeso y pegajoso, mientras mi lengua provocaba a Lis a contraer su coño. Cuanto más contraía los músculos de su coño, más leche brotaba de su vagina. Ella comenzó a rechinar y pude ver que la acercaba a otro orgasmo. Me agarré la pija y sentí que me estaba endureciendo, pero no tenía nada más que dar.

De pronto Jair dijo, "ven Lis vamos a la ducha", sin más, Lis se bajó de mi cara y entró en el baño dejándome solo con Jair. Jair tenía una toalla en la mano y me la arrojó.

"Ahí tienes, límpiate y déjame mostrarte la habitación de invitados". Me limpié la cara y seguí a Jair a través de la casa hasta otro dormitorio.

"Ponte cómodo, ya sabes dónde está la cocina, en caso de que tengas hambre o sed", cerró la puerta dejándome solo.

Esperé un poco, luego me levanté, salí del cuarto y me acerqué a la puerta de Jair. Estaba cerrada. Podía escuchar la inconfundible voz de mi esposa diciéndole cuánto le encantaba hacerle el amor. Me quedé allí por unos momentos y luego regresé a mi habitación. Entré al baño del cuarto y me di una ducha. Me recosté y no sé cuánto tiempo estuve allí antes de dormirme.

Me desperté varias veces durante la noche. Una vez y pude escuchar a Lis y Jair haciendo el amor. También busqué en mi mente justificar mi comportamiento, lo que había hecho, me pregunté si Lis y yo habíamos ido demasiado lejos. Aún más preocupante era la forma en que había dejado que Jair me dominara, ¿era eso era lo que quería?. ¿Fueron las drogas? No tenía respuestas y dormí mal.

A última hora de la mañana siguiente me desperté con los suaves besos de Lis.

"Buenos días sexy", me arrulló ella. Estaba sentada junto a mí, desnuda, sus tetas estaban bellamente bronceadas.

Buenos días, respondí, frotándome los ojos. Pensé en la salvaje noche anterior. No podía creer lo que había pasado.

"¿Estás bien?".

"Sí, ¿qué hora es?".

"Casi las once, estabas profundamente dormido, así que no quise despertarte antes".

"¿Jair?".

"Se fue hace unas tres horas, tuvo que ir a Kingston, por negocios. Estás listo para volver al hotel. ¿Por qué no te vistes? Quiero ir a la playa".

Lis se veía tan bien que extendí la mano y la atraje hacia mí para que pudiéramos besarnos de nuevo. Su cabello negro trenzado olía recién lavado y limpio. Nos besamos momentáneamente, pero ella me interrumpió.

"Mi cuquita me duele", dijo con una sonrisa.

"¿De Verdad?".

"Sí, después de que te viniste a dormir, lo hicimos dos veces más y luego otra vez esta mañana. Estoy tan adolorida, incluso creo que tu pequeña polla me dolería. Vamos, vámonos".

Nos fuimos a nuestro hotel, nos pusimos los trajes de baño y bajamos a comer algo y a disfrutar de la playa.

Después de unas cervezas ella comenzó a decirme, "mi amor, Jair quiere que mudemos nuestras cosas a su casa y dejemos el hotel".

"¿Por qué?", fingí que estaba intrigado.

"Él dice que así estaremos juntos más tiempo y no tenemos que ir y venir al hotel todos los días".

"¿Y nuestras vacaciones?".

"Igual las estamos disfrutando. No me vas a decir que no te divertiste anoche. Además, el día lo pasaremos juntos, y las noches, depende de lo que diga Jair".

Sentí que me empezaba a empalmar, a quien engañaba, este arreglo me parecía fenomenal.

"Bueno mi vida podríamos probar", dije ocultando mi entusiasmo.

Ella se montó sobre mí y me besó, "gracias mi amor, te amo, no dudes ni por un momento, sin importar lo que haga que te amo con todo mi corazón. Mmm a juzgar por tu erección creo que tú también estás emocionado".

Sólo resta decir que estas vacaciones fueron las más excitantes de nuestras vidas, y que ya reservamos boleto de avión para el año que viene volver a esta hermosa isla...

INFIDELIDAD CONSENTIDA
Volumen 8. Tres maridos pito chico se convierten en cornudos.
v 1.7

Made in the USA
Middletown, DE
21 December 2021

56758871R00089